U0093236

honzuki no gekokujou
shisho ni narutameniha
shudan wo erandeiraremasen

目次 Contents

書籍版未收錄短篇集

某個冬日…02 ／ 女兒絕不交給任何人…03 ／ 令人頭痛的妹妹…05
繪本與文字的練習…07 ／ 與姊姊大人的茶會…10 ／ 焦急的心情…15
近侍生活開始了…17

漫畫　廣播劇
配音觀摩報告　鈴華…23

廣播劇
配音觀摩報告　香月美夜…30

角色設定資料集…37

貴族關係家系圖…44

香月美夜老師 Q&A…46

漫畫　來做磅蛋糕吧！　鈴華…54

漫畫　輕鬆悠閒的家族日常　椎名優…62

作者群留言板…64

某個冬日

（「成為小說家吧」活動報告・梅茵視角的特別短篇）

今天父親不用工作，所以是由父親與多莉去採帕露。我則和往常一樣，一邊在大門幫歐托的忙，一邊等兩人回來。雖然我在採帕露的時候派不上用場，但在幫忙計算這件事上倒是很有用。

時間過了正午。太陽來到空中的最高點後，帕露的採集就得宣告結束，所以多數的外出居民陸陸續續地從森林裡回來。守門士兵們都忙著待在門邊監看，確保沒有可疑人物趁機混進城裡來，歐托也被叫去幫忙。

我正一個人認真對著石板計算時，父親往值宿室裡探進頭來。

「梅茵，回家了。」

「多莉呢？」

「她跟拉爾法還有路茲他們先走了。快走吧。」

父親來接我後，讓我坐在他的肩膀上，帶著我離開大門。趕時間的時候，大家還不會讓我自己走。因為我走路速度慢，移動時都得有人負責抱著我，不然就是把我扛在肩上。

父親邁著大步走了一會兒後，很快就追上了拉著雪橇的多莉他們。

「多莉，辛苦了。你們今天採到了幾顆帕露呢？」

「今天因為是和爸爸一起去，我們採到了三顆喔。」

多莉拉著的雪橇裡放有籃子，裡頭確實躺著三顆帕露。

「路茲你們呢？」

「我們是七顆。本來還有一顆只差一點就要成功了，可惜沒來得及。」

聊著聊著，我們從大馬路彎進小巷，便看見不遠前方有幾個人起了口角。

「唉，明明我今天不用工作……」

父親語帶厭煩地這麼嘀咕，把我放下來。

「爸爸先去了解情況，再決定是否要通知大門士兵，還是不必管他們。多莉，妳先回家處理帕露。梅茵，妳在這裡等我。路茲，不好意思，能麻煩你留在這裡陪梅茵嗎？」

「我是沒關係……」

路茲一邊說，一邊看向自己的哥哥們。最年長的大哥札薩點點頭。

「你就留下來吧，但我們會先回去喔。」

「不好意思啊。」父親對札薩這麼應道，同時摘下自己的圍巾，把我連同路茲一起捲起來。

「梅茵，妳絕對不能離開路茲身邊喔。」

「我這樣哪有辦法離開嘛。」

緊接著父親在雪地上展現出敏捷的身手，朝著起爭執的那幾個人跑過去。

「喂！你們在做什麼?!」

「那我們先回去啦。」

看著拉爾法與多莉離開後，四周突然安靜下來。希望可以趕快結束——我這麼心想著，轉頭看向父親所在的方向，隨即發現路茲的表情也透露出了和我一樣的想法。

「路茲，對不起喔。天氣這麼冷，還讓你陪我在這裡等。」

「反正今天天氣很好，沒關係啦。妳不用管我，還是小心點別讓自己感冒了。」

路茲看向把我們捲在一起的圍巾，然後稍稍移動位置。發覺路茲正不動聲色地幫我擋下吹過來的風，我忍不住露出微笑。

「路茲，你放心吧。有爸爸的圍巾，我很暖和喔。你應該也有暖和一點吧？」

「是啊。」

我們兩人互相咧嘴一笑，繼續等待，父親很快就回來了。看來調停沒花太久時間。

「讓你們久等了。來，我們快點回家吧。今天要煎帕露煎餅！」

※二〇一六年元旦看到鈴華老師畫的圖，腦海中便浮出了這則短篇。

Illustrated by Suzuka

女兒絕不交給任何人

（二〇一五年安利美特店舖限定特別短篇）

「班長，你女兒怎麼了嗎？」

交班後，我正要從大門口走進城裡，列克爾叫住了我。列克爾這小子比較擅長計算，先前梅茵認真工作的模樣似乎還刺激到了他，聽說在大門這裡負責大半會計工作的歐托已經盯上了他，想讓他接下自己的工作。如今歐托已決定幾年後要辭職不當士兵，將以大店老闆家中的一分子，正式接下店裡的工作，所以正為繼任人員的栽培傷透腦筋。

「你問起我女兒做什麼？我兩個女兒都不可能嫁給你喔。」

「她們還那麼小，我怎麼可能考慮娶她們啊。班長，你到底在胡說什麼？啊，先別管班長有多愛女兒了。我的意思是都已經夏天了，她完全沒來過大門吧？結果歐托先生現在老是使喚我去幫忙。」

歐托的行事風格，一向是把事情交給有能力的人，看來在繼任人員的栽培上，他把心力都投注在了列克爾身上吧。本來歐托還打算把查對工作交給梅茵，請她偶爾來大門當助手，但如今她已經無法來大門幫忙了。因為梅茵已經徹底被神殿招攬進去。歐托還常常為此抱頭吶喊，說他怎麼也沒算到會是這種結果。

「梅茵因為計算能力優秀，開始在大店工作了，現在根本沒時間來大門幫忙。就算不是因為這樣，她本來就身體虛弱。」

梅茵進入神殿這件事並未公開，對外都宣稱她是在奇爾博塔商會工作。事實上，她現在仍會出入商會，也和路茲不知道在做什麼東西，然後賣給商會，所以不算騙人。

「歐托先生一直拿我跟班長的女兒做比較，我真是有苦難言。」

聽說梅茵非常聰明……畢竟我不清楚怎樣叫作聰明。不過，以前不管我怎麼叫歐托招個助手，他都只會斷然回道：「徵個沒用的累贅來當助手也只是浪費時間。」然而梅茵出現以後，他卻興奮地跑來找我商量，說想讓梅茵當他的助手。後來，梅茵還自己通過了成為大店商人學徒的測試；神殿的人也把孤兒院交給她管理；聽說她在神殿裡頭，還會幫忙神官長處理公務。所以，我想梅茵應該是真的很聰明吧。

……梅茵還真有兩下子。不愧是我女兒。

「哼哼，因為我女兒受到諸神的寵愛啊。和列克爾不一樣，她是特別的。」

但也因為太過特別，居然被神殿搶走了。我最近倒是對神有些不滿。

「唉，班長講的是比較誇張，但一直和這麼特別的孩子做比較，誰受得了嘛。」

……也是，當其他士兵都在鍛練身體、守在門前的時候，自己卻只能一直看著文件和木板，一定會很厭煩吧。

根本沒有士兵會和歐托還有梅茵一樣，開開心心地做那些文書工作。如果有人要我從早到晚都坐著計算數字，我大概也會想辭職不幹。

「確實不能把這份重擔都推給你一個人。我會去吩咐歐托，要他也一起栽培其他士兵。」

……順便也問問梅茵，在教別人計算的時候有沒有什麼好方法。

我聽伊娃說過，路茲為了成為商人學徒，冬季期間曾請梅茵教自己寫字和計算。而且不過一個冬天，他就進步了很多。

我找梅茵商量這件事後，她這麼說了：

「首先，應該要找到和歐托先生一樣不討厭文書工作的人吧？最好是找個和我一樣身體沒那麼強壯，在找工作時也希望可以不用做體力活的孩子，然後專門雇用他來處理文書工作。畢竟士兵們都充滿熱情，想要鍛練身體、守護城市，根本不適合做這種靜態工作。就連一開始受訓的時候，他們學這些也學得不情不願。」

對於沒有學習意願的人，再怎麼教也學不會——梅茵如是說。

「要是大門可以雇用灰衣神官就好了呢。有的灰衣神官不僅懂得計算，也很了解該怎麼與貴族應對喔。」

有我的介紹，應該能讓灰衣神官來做這份工作吧。但是，灰衣神官太缺乏生活常識了。真的就如字面所言，我們生活的世界不一樣。若要雇用一個完全沒有平民區的常識、甚至不會自己買東西的人，我無法連同他的生活大小事也幫忙照料到。

「……我們確實很需要他們的能力，但實際上很難雇用他們吶。」

想起孤兒院的傢伙們來到平民區時，全都戰戰兢兢地邊走邊來回張望，聽到怒吼聲、看到別人舉起拳頭，還會嚇得縮成一團，我只能搖頭。我也知道他們人不壞，但就算做得了文書工作，恐怕也適應不了大門的環境，我更不覺得他們能在平民區裡生活。

「雖然現在還沒辦法，但我希望十年、二十年後，孤兒院的孩子們也能理所當然地到外頭來，還能在平民區找到工作呢。」

梅茵笑著說道，臉上的表情完全就是為了孤兒們著想的孤兒院長。儘管神殿是我無從踏入的世界，梅茵卻好像很快就融入了。感覺梅茵突然變得好遙遠，我忍不住張手抱緊女兒。

……不管是神還是神殿，我絕不會把梅茵交給任何人！

令人頭痛的妹妹

（「成為小說家吧」活動報告・多莉視角的特別短篇）

我在孤兒院教大家怎麼縫訂書本的那一天，梅茵也預計將完成的其中一本繪本帶回家。雖然昨天已經在家裡試做過了，但因為要拿去工坊給大家當作樣本，所以今天是第一次把正式完成的一本書帶回家。

「啊啊……這本就是我要帶回家的書……」

梅茵接過路茲從工坊拿來的繪本後，抱在懷裡露出了幸福無比的表情。

「為了走到今天這一步，這段路真是太漫長了。在這本書完成之前，真的發生了好多好多事情喔。不過，現在我終於可以把書擺在家裡頭了！耶～！」

「梅茵大人，請注意您的措辭。」

梅茵的侍從羅吉娜，立刻開口提醒還穿著青衣見習巫女服、緊抱著繪本高興不已的梅茵。梅茵急忙擠出貴族千金該有的優雅笑容，嘴上說著「我以後會小心」，卻一點也沒有要小心的樣子。強裝出的優雅笑容眼看就要破功，誰都看得出來她有多興奮。

「梅茵，妳太興奮了啦。」

「我當然興奮啊！因為終於可以在家裡擺書了耶！」

……唉，我看這下是沒救了。

我聳聳肩看向路茲，他也一臉無能為力。

「梅茵，今天先回家吧。妳已經興奮過度，有可能在回去的路上暈倒喔。」

路茲毫不掩飾聲音裡的傻眼，催促梅茵去換衣服。「知道了！」梅茵抱著繪本應道，蹦蹦跳跳地跑上樓梯，羅吉娜再次在旁邊出言訓斥。

「感覺今天不管說什麼，梅茵都聽不進去呢。」

「是啊。但也難怪啦，畢竟是她想要了兩年的東西，現在終於做出來了，所以我能理解梅茵高興的心情。想到她以前還曾經蒐集草莖、製作黏土板，連我也覺得梅茵真的很努力。」

在做書這件事上，一直以來為梅茵提供最多協助的就是路茲了。雖說梅茵會把自己的午飯分給路茲，父親也會給他一點零用錢當報酬，但他居然可以陪著梅茵做那麼多莫名其妙的事情。連身為梅茵姊姊的我看了，也忍不住要佩服路茲的耐心。

「都是幸好有路茲幫忙喔。謝謝你不嫌棄梅茵的任性，陪她做那些事。」

我這麼感謝路茲後，他卻「嗯……」地悶哼，露出了有些難以接受的表情。

「雖然妳和哥哥他們都常說，很佩服我能陪著梅茵做那些事情，可是其實一直是梅茵在幫我，我也只是為了實現自己的夢想，才和梅茵一起努力到了現在啊……」

路茲低頭看著身上的奇爾博塔商會學徒制服，稍微捏起外衣。他說當初若沒有梅茵的建議與幫助，自己就當不了商人學徒，所以對路茲來說，他們是互相幫忙。

「嗯，的確是梅茵先做出了新奇的東西，才引起班諾先生的注意，進而創造出能夠成為商人學徒的機會。可是，我覺得路茲的壓力一定比梅茵還大吧。」

「雖然辛苦做事的人可能是我，但妳和哥哥他們都看不見梅茵有多厲害。」

路茲一臉認真地這麼說。之前梅茵在奇爾博塔商會與班諾先生討論髮飾的時候，我確實也隱隱覺得梅茵在做的事情很了不起。可是，因為梅茵平常實在太會幫倒忙了，所以在日常生活中，我一點也不覺得她厲害。

「因為我們不曉得梅茵在奇爾博塔商會裡是什麼樣子呀。」

「話是這麼說沒錯，但不只這樣……對了，梅茵不是在教我寫字和計算嗎？」

冬季期間，我經常看到梅茵在家裡教路茲，所以點了點頭。為了成為商人學徒，路茲可是非常努力。

「妳知道一樣是教人寫字計算的家庭教師，商人要花多少錢雇用嗎？」

「這我怎麼知道嘛。」

「每週三次，每次上課一鐘，光這樣每個月就至少要付一枚大銀幣，也就是十萬里昂喔。明明我根本沒有東西可以回報，梅茵卻教給了我這麼貴重的知識。」

聽說是前陣子在奇爾博塔商會的時候，都盧亞學徒提到了他們會聘請家庭教師的事情，路茲聽到他們付給家庭教師的薪水以後，嚇得倒吸口氣。他們還反問路茲：「你家明明沒雇用家庭教師，你父母也不識字，那你到底是怎麼學會文字與計算的？」路茲說，他直到那時候才曉得梅茵有多麼了不起。

嗯……聽到這些事情，確實會覺得很厲害呢。

「讓你們久等了。那我們回家吧！」但是，一看到梅茵一邊這麼說，一邊依然緊抱著繪本跑下樓來，這種想法也瞬間煙消雲散。梅茵太過興奮下還踩空階梯，差點要滾下來，幸好有羅吉娜伸手扶她才沒事。

……果然一點也不厲害嘛。梅茵還是非常需要人家照顧。

「梅茵，妳那樣抱著書走路會跌倒，收進籃子裡吧。」

我說完，梅茵看了看自己手臂上的繪本，再看向我舉高的籃子，滿臉不情願。

「可是好不容易做好一本書了，我想在走回家的一路上，好好感受書的觸感和墨水的氣味……拿到新書的時候，就應該像這樣用全身去感受喜悅吧？」

「梅茵，妳說得再理直氣壯，我也不會被妳蒙混過去喔。那又不是第一本完成的書。」

我指著書這麼反駁，梅茵這才像是想起什麼，「啊……」地抬起頭來，路茲則沒好氣地咕噥：「笨蛋。」然後走到我面前，抽走梅茵手上的書，迅速放進籃子裡。

「唉。梅茵，妳還是一點危機意識也沒有。要是被人看到我們拿著一疊這麼昂貴的紙張，想也知道會很危險。像我們這樣的小孩子，拿在手上一定會被搶走。」

由於梅茵他們正在做紙，家裡又有不少做失敗的紙張，所以我的感覺早已經麻痺了，但其實紙張很昂貴，只有貴族和富商用得起。像我們這種一看就是貧窮人家的小孩，最好不要拿在手上。聽到路茲說「會被搶走」，梅茵嚇得一震，還倒吸一口氣。

「欸欸，多莉，妳想這本書要放在哪裡好呢？果然還是應該拜託爸爸，請他做個新書架吧？」

「在數量增加之前，放在妳的木箱裡就夠了。現在更重要的是妳走路看前面。」

儘管已經放進籃子裡了，但梅茵似乎還是很在意裡頭的繪本，一邊走一邊不斷往籃子偷瞄，導致她走路有些東倒西歪、搖搖晃晃。而且大概是因為太高興了，連腳步也比平常要輕飄飄的，沒有好好踩在地面上。

……太危險了啦，真是的！

最後，我和路茲只好讓梅茵走在中間，再從兩側牽著她的手。「剛好天氣有點變冷了，這樣子好暖和喔。」

……梅茵，我們這樣做才不是為了保暖。

我在心裡這麼吐槽，但看梅茵笑得非常幸福的樣子，也就沒有張口說出來。

「我們回來了！這是來到我們家的第一本繪本喔！爸爸、媽媽，你們快看！」

明明昨天做好的那本繪本也拿給父母看過了，但一回到家，梅茵又拿著相同的東西向父母展示，只見父親和母親一臉困惑地對望。

「梅茵，那本書我們昨天就看過了，也聽妳說過了。」

……昨天梅茵的興奮程度也很嚇人呢。

昨晚父親一邊喝酒，一邊被迫看著那本做好的繪本，還聽梅茵講了很久的聖典神話。現在，看到梅茵彷彿昨晚的一切都沒發生過，又在講同樣的事情，父親的表情顯得非常為難。

然而，梅茵的嘴巴完全沒打算停下來。

「昨天那本只是試作品，必須帶去神殿，但這本書可以一直放在家裡面喔。萬歲！我們家終於有第一本書了！啊啊～好幸福喔。家裡有書很令人高興對吧？大家是不是也希望以後能有更多的書啊？」

……我是沒有這種想法啦。

梅茵雙手拿著繪本，開始轉起圈圈。看她這麼高興固然很好，但感覺就要發生什麼慘劇。因為她回來的一路上也很興奮，我想體力差不多快耗盡了。就在我這麼心想的時候，梅茵似乎是絆到了腳，整個人身體一晃。

……啊，要跌倒了。

「梅茵！」

「呀啊！我的書！」

父親連忙伸出手去，然而梅茵卻沒抓住父親的手，反而一邊發出怪叫聲，一邊牢牢地把繪本抱在懷裡以免弄髒。

……我第一次看到梅茵的反應這麼迅速。

我莫名感到佩服，只是愣愣地看著這一幕，結果梅茵就這麼背部著地。儘管還聽見了撞到頭的聲音，梅茵卻一骨碌站起來，最先擔心手上的繪本是否完好如初。「書本沒有弄髒吧？」我真的只能無言以對。父親為了救梅茵而舉在半空中的手，看來有些令人難過。

「梅茵，妳也該擔心一下自己撞到的背。有沒有哪裡不舒服？」

「我沒事。這可以說是光榮的負傷喔。」

……怎麼看都不太光榮吧。

我實在不明白梅茵怎麼好意思挺胸說出這種話。明明家人都傻眼地低頭看著她，梅茵卻毫不在乎，只是不斷來回翻看書本，確認是否沒有損傷。

「因為我身體的傷會好，但書本一旦破損就修補不回來了。畢竟這裡還缺少很多工具嘛。看來也該考慮製作修補書籍用的工具呢。」

我最擔心的反倒是梅茵的腦袋。她就不能也想想書本以外的事情嗎？

看她似乎沒有受傷，母親這才安下心來，捧著大肚子輕吁口氣。

「梅茵，妳要是不想把書弄髒，就讓自己冷靜下來吧。」

「放心，我已經冷靜下來了。而且現在更重要的是，要為了小寶寶製作更多新繪本才行！然後我要經常唸繪本給他聽，把他教育成愛書的好孩子！唔呵呵～」

就算跌倒了，也只擔心書本有沒有破損，滿腦子也只有要做的下一本書。

……梅茵真是的！

雖然梅茵談起生意不輸給大店的老闆，又可以賺到很多的錢，還深受孤兒院孩子們的愛戴，也知道很多事情，但是在我看來，她依然只是個教人操心又頭痛的妹妹。

繪本與文字的練習

（二〇一六年書泉GROUP×TOBOOKS特展用特別短篇）

「那我幫妳，也給我一本書吧。我也想學寫字。」

梅茵拜託我幫忙完成聖典繪本的時候，我鼓起勇氣這麼開口說了。因為自從經常出入孤兒院、前去提供協助以後，我發現好像只有我一個人不會讀寫文字。

……明明這一帶的居民普遍都不識字，剛好就只有在我四周，會讀寫文字的人特別多呢。

不只是製作書籍的梅茵，連擔任守門士兵的父親也會讀寫文字。父親以前雖然看得懂字，但似乎不太會寫，就在歐托先生開始教梅茵寫字以後，我曾看見父親這麼吶喊：「我身為父親的威嚴！」然後偷偷在練習寫字。

而路茲為了成為商人學徒，去年冬天才請梅茵教自己寫字，卡蘿拉伯母甚至曾向人炫耀說，路茲現在就連契約書也看得懂了。珂琳娜夫人工作的時候，也會在木板上做紀錄。所以我以後如果想在珂琳娜夫人的工坊工作，勢必需要懂得讀寫文字吧。最重要的是，我不想被已經先去奇爾博塔商會工作的路茲與梅茵拋在後頭。

「多莉，這個是石筆，要這樣子拿喔。啊，不對啦。不可以那樣握著。」

此刻我的眼前放著黑色石板，正從要怎麼拿白色石筆和怎麼畫線開始練習。

……居然不能馬上就開始學習寫字呢。

我照著梅茵說的拿好石筆，再照著她畫的線條範本畫線。然而，我卻沒辦法好好施力，畫不出和範本一樣筆直的線，線條變得歪七扭八，而且淡淡的很不清晰。

「梅茵，筆這樣握我沒辦法施力。」

「就跟針有正確的拿法一樣，筆也有正確的拿法喔。雖然石筆不管怎麼握都能畫線，但如果妳不習慣這個拿法，以後拿筆的時候，筆尖很快就會斷掉。」

聽梅茵這麼說，我只好維持著難以施力的拿筆方式，操控石筆繼續畫線。可是，明明梅茵畫線時看來很簡單，實際上自己要畫直線卻不容易。

「多莉，就算練到覺得很煩也要加油喔。因為要是沒辦法畫出直線和自己想要的圓形，以後也沒辦法畫服裝。」

另外，在練習書寫的同時，梅茵說我也要練習唸出文字。

「妳要先用耳朵記住文章，然後一邊用眼睛看一邊唸出文字，最終就是要可以用手寫出來。多莉如果能換去珂琳娜夫人的工坊，還是很久以後的事情，所以不用像路茲那樣急著趕快學完吧。」

「可是，就連路茲也學了半年以上的時間吧？如果我想拜託珂琳娜夫人，讓我換去她的工坊，也不能想得這麼悠哉喔。」

都盧亞學徒的契約為期三年。如果想換工坊，就必須盡早取得對方願意讓我換過去的承諾，所以只剩下一年左右的時間了。

「既然還有一年，沒問題的。再說了，讀書還是開心一點比較好喔。要是變得討厭看到書本和文字，就會完全記不住內容。在大門那裡，見習士兵們都學得不甘不願，得花很久時間才記得住文字，負責教他們的歐托先生可是一個頭兩個大呢。」

梅茵笑著這麼說道，攤開兒童用的聖典繪本。

「好久好久以來，在漫長得數不清有多久的時間裡，黑暗之神都是獨自生活。」

梅茵用手指為我比出她唸的地方，慢慢地朗讀內容。她臉上帶著開心得不得了的笑容，一雙月亮般的金色眼睛閃閃發亮。看著一臉幸福無比的梅茵，我跟著複述。雖然現在我還看不懂半個字，只是梅茵唸什麼，就跟著她複述而已。

「好久好久以來，在漫長得數不清有多久的時間裡，黑暗之神都是獨自生活。」

「沒錯，唸得很好。那我繼續囉。在始終孤單一人的黑暗之神面前，光之女神出現了，她的光芒照亮大地。」

黑暗之神與光之女神相遇後，兩人就結婚生了小孩。兩人的孩子就是水之女神、火神、風之女神、土之女神。

「第一個孩子是水之女神芙琉朵蕾妮。芙琉朵蕾妮擁有治癒與淨化的力量。」

後來就是照著梅茵說的，反覆唸出繪本內容，練習用石筆在石板上畫線。

「嗯，現在多莉的線已經畫得很好了，我想應該也能寫字了吧。」

結束了好幾種線條的練習後，終於可以開始練習寫字了。梅茵最先教的，就是我的名字。

「因為寫字時最常用到的，就是自己的名字了。路茲進入奇爾博塔商會的時候，還被要求過寫下誓約書喔。多莉如果也打算進入珂琳娜夫人的工坊，可能也需要呢。」

「是嗎?!這麼重要的事情妳早說啊！」

光是畫線就這麼困難，那要記住所有的文字，一定更是難上不知道多少倍。路茲可是在冬季期間就學會了，但我能在去拜託珂琳娜夫人之前學會嗎？我突然感到非常不安。

我看著梅茵寫的範本，練習寫下自己的名字。除了自己的名字，梅茵也教了我家人的名字、朋友的名字、珂琳娜夫人的名字，和奇爾博塔商會的寫法。

「路茲來接我了，那我出門囉。」

為了過冬的準備工作，最近梅茵幾乎每天都去神殿。明明也是見習生，梅茵卻和我不一樣，不是每隔一天才要去工作。

……但也是因為梅茵很常發燒病倒，能去的時候就每天去吧。

我照著梅茵吩咐過的，抄寫繪本上的文字，這時聽見「咚」的一聲。抬頭一看，挺著大肚子的母親正為我倒了杯水，說道：「多莉好認真呢。」

「練習寫字真的好難喔。過了一個冬天就學會的路茲雖然厲害，但我覺得之前能在大門一邊幫忙計算，一邊學習寫字的梅茵更了不起。」

忘了是什麼時候，我曾聽說梅茵會在大門那裡，擔任指導見習士兵的歐托先生的助手。也就是說，從開始去大門後還不到一年的時間，梅茵就已經能反過來教別人寫字了。當時我聽了也沒放在心上，但現在想想這根本不可能嘛。

「呵呵，在大門幫忙啊……我以前成年之前，也會被爸爸找去幫忙呢。」

「媽媽的爸爸……所以是爺爺嗎？」

「是啊。因為他以前是大門的士長。貴族大人不是偶爾會召開會議嗎？所以我得學會怎麼泡茶，端茶時要怎麼說話才得體。不過，那時因為沒有必要，倒是沒教我文字。」

現在爺爺和奶奶都已經不在了，所以我很少聽到關於他們的事情。

「梅茵如果沒有進入神殿，繼續待在家裡做些代筆工作，偶爾也去大門幫忙的話，往後肯定也會和我一樣，得負責在開會的時候泡茶吧。」

「嗯……我實在想像不出來梅茵燒開水的樣子呢。」

梅茵現在還沒辦法從水井汲水，要再等到她能泡茶，都不知道是什麼時候的事了。我和母親笑著聊著這些事情，然後我把目光投向石板。

「媽媽，趁著我剛好在學，妳要不要也一起學寫字呢？」

「我現在正忙著做小寶寶的衣服和尿布，所以再過一段時間吧。等冬天有空閒的時候，多莉再教我吧。」

「我教媽媽？」

意想不到的話語讓我抬起頭來，眨了眨眼睛。母親露出帶有促狹意味的表情笑說：「是啊。多莉可要好好學習，之後才能教我喔。」

「嗯，我會加油！」

聽到母親要我教她，我高興得產生了要更努力學習的衝勁。

正當我燃燒起了旺盛鬥志，埋頭認真練習寫字時，腦海裡忽然冒出一個疑問。

……這本書要多少錢呢？

我知道自己做的髮飾會以高價賣出，所以等梅茵從神殿回來，正在思考下一本繪本的時候，我問了她繪本的價格。

「呃……因為繪本是在工坊印製的，成本其實不高，但在店裡頭，一本是賣一枚小金幣和八枚大銀幣吧？」

「咦咦?!」

我大驚失色，交互看向繪本與梅茵。她居然把這麼昂貴的東西帶回家裡來，我真是不敢相信。更別說梅茵以後還打算帶更多回來，我簡直無法想像。

「其實我也希望價格能再壓低一點，但現在植物紙還很貴，最主要是墨水的費用真的不便宜……想要確保獲利的班諾先生也沒那麼好說服，所以恐怕好長一段時間還降不下來吧。」

梅茵很認真地在思考該怎麼做才能壓低價格，但不對。問題不是這個。

「這種東西怎麼能放在我們家裡呢？根本不是可以拿來練習寫字的東西吧！」

「咦？我做這本繪本，就是要給孩子們當學習文字用的教科書喔。多莉，妳在說什麼啊？」

……梅茵，倒是一臉茫然的妳在說什麼啊?!

對於把要價幾乎快兩枚小金幣的東西放在家裡，再讓我還有即將出生的小寶寶隨意翻閱，梅茵似乎一點也不覺得這有什麼問題。可是，我根本沒想到這本繪本這麼昂貴。回想起自己至今對待它的方式，我不由得面無血色。

「梅、梅茵，這本書可以洗嗎？」

「多莉，書怎麼可以洗！要是浸到水裡面，紙張會變得破破爛爛，絕對不行喔！」

「咦？不能洗嗎？那要是弄髒了怎麼辦？」

我往繪本瞥了一眼。由於我一直用摸過石筆的手翻書，看得出來書上已經到處都沾有白粉。儘管我正在心裡瘋狂吶喊：「怎麼辦?!」梅茵卻一派悠然自得地笑說：

「最好是翻書的時候就要小心別弄髒，但也不用這麼緊張啦。」

「聽到那種價格誰會不緊張！」

我再也不敢像剛才那樣觸碰繪本，只覺得非常害怕。

……怎麼辦?!早知道不該隨口說出自己想要一本書！

與姊姊大人的茶會

（第三部領主的養女Ⅰ TOBOOKS官網限定特典）

去年夏天與薇羅妮卡派貴族結婚的姊姊大人在取得丈夫的許可後回來了，這次將在老家待上數天。今天是久違的只有姊妹兩人的茶會。

自從姊姊大人出嫁後，見面機會便大幅減少。再加上在外參加茶會時，比起家人，更該優先與其他夫人小姐進行交流，也就不可能與姊姊大人單獨聊些悄悄話。所以現在能和姊姊大人一起單獨喝茶，我真的非常開心。

我依著禮儀先喝一口後，再請姊姊大人喝茶。姊姊大人用著比以往在家裡時更優雅的動作喝著茶，然後馬上進入正題。

「克莉思黛，飛蘇平琴的茶會究竟是什麼樣子呢？妳和母親大人去參加了吧？」

「是的，非常精采唷。正如姊姊大人告訴過我的，斐迪南大人彈奏的飛蘇平琴真的是非常出色。歌聲也澄澈嘹喨，讓人不知不覺間聽得入迷呢。據說他曾受邀去為公主彈琴這件事，想必是真的吧。」

一起就讀貴族院的克莉絲汀妮大人彈奏起飛蘇平琴，也是婉轉又優美。但是，我更加喜歡斐迪南大人的演奏。

……畢竟情歌是男士唱來更動聽嘛。

我輕輕閉上眼睛，回想著斐迪南大人彈奏的飛蘇平琴聲，陶醉在其中。姊姊大人用焦急的語氣說了：

「妳快點詳細告訴我，茶會究竟是什麼樣子吧。現在無論參加哪裡的茶會，都在討論這件事。」

姊姊大人與薇羅妮卡派的貴族結了婚，因為丈夫不允許，所以沒能參加飛蘇平琴的茶會。但是，今後好一段時間不論哪裡的茶會，話題都會繞著飛蘇平琴茶會打轉吧。我輕輕嘆一口氣。

「……因為姊姊大人的丈夫是薇羅妮卡派的貴族，所以我們與中立派的貴族不一樣，無法輕易改變派系吧。誰想得到結婚才不到一年，薇羅妮卡大人便失勢了呢。姊姊大人結婚的時機真是太不湊巧了。」

只要再多等一年，也許就能中止與薇羅妮卡派貴族的聯姻了。但是這樣一來，便等同是解除婚約，世俗的眼光將變得嚴苛。更重要的是，若要再一次尋找對象，姊姊大人就會過了適婚年齡。

「兩年前，我會決定與薇羅妮卡派的貴族結婚，是因為當時開始謠傳薇羅妮卡大人在為韋菲利特大人準備洗禮儀式。還以為薇羅妮卡大人會繼續掌有強大的權勢……世事真是不如人意呢。是時之女神的絲線糾纏錯了嗎？」

「……都是奧伯．艾倫菲斯特不好。雖然他演奏的飛蘇平琴很出色，但姊姊大人和我們家會面臨這種困境，都要怪奧伯不好。」

只有在這種只有家人的內部聚會時，我才敢開口批評奧伯，但其實我對奧伯的作為一直心懷不滿。

無論薇羅妮卡大人如何下令，奧伯始終堅決不肯迎娶第二夫人，對芙蘿洛翠亞大人視若珍寶。因此當時許多貴族才心想，等到現在的奧伯繼位之後，薇羅妮卡大人的權勢或許也會產生變化吧。

然而，縱使現在的奧伯繼位，薇羅妮卡大人的權勢依然沒有任何改變。曾在貴族院得到最優秀表彰的斐迪南大人，隨後更進入神殿，領主一族身邊全圍繞著對薇羅妮卡大人趨炎附勢的貴族，萊瑟岡古那邊的貴族明顯受到冷落。觀察了情勢的演變後，中立派的貴族們接連傾向薇羅妮卡派。

「而且因為齊爾維斯特大人與芙蘿洛翠亞大人的孩子交由薇羅妮卡大人養育，我們才以為薇羅妮卡大人的權力穩若泰山呀。」

「是啊。所以我才拜託了父親大人，說我想與薇羅妮卡派的貴族結婚。」

姊姊大人是在去年夏天與薇羅妮卡派的貴族成婚。自那之後，我也被叮囑要從薇羅妮卡派的貴族當中挑選對象，在貴族院也別與萊瑟岡古方面的貴族有深入往來，我們家從中立派大幅傾向了薇羅妮卡派。

「但是，情勢居然在一夕之間有了翻天覆地的轉變……」

今年春天尾聲，在姊姊大人結婚還不滿一年的時候，奧伯無預警地親手逮捕了薇羅妮卡大人。在此之前，奧伯對薇羅妮卡大人一直相當順從，誰也想不到他會採取這種行動吧。既然是要逮捕奧伯的母親，本來事前應該要萬全地打點好一切，但奧伯在檯面下卻沒有採取過半點貴族們能夠看出端倪的舉動。

「老爺告訴我，連一同出席領主會議的上層貴族與近侍們，奧伯也沒有告訴過他們任何想法。這件事實在是太突然了。奧伯究竟在想什麼呢？」

姊姊大人語帶不滿地說著，喝了一口茶。我也拿起茶杯。如果要採取這種行動，真希望奧伯能更早就表現出想排除薇羅妮卡大人的徵兆。

「雖然我也不明白奧伯在想什麼，但他收養了之前受到薇羅妮卡大人冷落的艾薇拉大人的千金吧。我想從今往後，萊瑟岡古那邊的貴族會開始受到重用。」

「我也這麼認為呢。倘若薇羅妮卡大人沒有垮臺，即便魔力再多，領地也有需要，她絕不會答應收養艾薇拉大人的千金為養女吧。」

收養羅潔梅茵大人為養女一事相當具有象徵性，意味著奧伯依舊不會迎娶芙蘿洛翠亞大人以外的妻子，並且開始重用萊瑟岡古那邊的貴族。

「克莉思黛，因為老爺對薇羅妮卡派太執著了，我很擔心會不會就此落在其他貴族後頭呢。因為老爺直到現在，還無法接受情勢已經改變了的事實。」

如同少有萊瑟岡古的貴族對薇羅妮卡大人表示服從，我想能夠馬上接受目前局勢的薇羅妮卡派貴族也不多吧。

「我明白姊姊大人的不安，但我想比起排除薇羅妮卡派的貴族，應該會更著重於提拔萊瑟岡古那邊的貴族吧？飛蘇平琴的茶會上，也有看見薇羅妮卡派的貴族參加，奧伯的近侍也幾乎是薇羅妮卡派的貴族吧？我想應該不會因為所屬派系，便馬上疏遠所有人。」

如今艾倫菲斯特的上層職位，相當大部分都是由薇羅妮卡派的貴族擔任。考慮到領地的運作與日常公務，不可能一鼓作氣全部排除。

「倘若真是如此就好了，但奧伯可是在一夕之間，便不為人知地讓自己的母親失去了所有權勢……真教人擔心他是否會考慮到我們的立場與未來呢。」

我們家本是中立派的貴族，端看怎麼周旋，要靠向哪個派系都可以。但是，和薇羅妮卡派貴族結了婚的姊姊大人，只要丈夫不改變想法，便很難改變派系吧。

「……那麼，將來克莉思黛會與萊瑟岡古那邊的貴族結婚嗎？」

「我想應該會吧。為了讓我們家重新變回中立派，父親大人認為有必要與萊瑟岡古的貴族聯姻。我也是為此才會參加飛蘇平琴的茶會。」

姊姊大人出嫁後，我們才剛偏向薇羅妮卡派，薇羅妮卡大人卻很快便失勢了，父親大人可是面無血色。他每天無不絞盡腦汁，設法接近今後將成為主要派系的芙蘿洛翠亞派。而且必須趁此時貴族們還一團混亂，局勢尚未完全明朗，我們家要盡可能先往今後的主要派系靠攏。如今因為姊姊大人出嫁，對於傾向了薇羅妮卡派的我們家而言，若想改變派系，我將與誰結婚具有著重大意義。

「妳今年冬天在貴族院是最終學年了吧？能在這麼短期間內找到護衛對象嗎？」

姊姊大人擔心得不錯。我必須趕在冬季來臨之前，在萊瑟岡古那邊找到願意在畢業典禮上護衛我的男士。倘若找得不順利，我打算拜託叔父大人或祖父大人。

「希望可以找到還算匹配的對象，但我想恐怕很難吧。我打算拜託荷米娜大人，在冬天來臨前盡可能接觸到萊瑟岡古那邊的貴族。」

「荷米娜大人？她的母親是萊瑟岡古的貴族，不是一直禁止妳與她深交嗎？妳還與她有密切往來嗎？」

姊姊大人露出了不敢置信的表情看我。即便父親大人和母親大人禁止，我仍是私下與荷米娜大人結為了好朋友，不禁有些侷促難安。

「……但荷米娜大人是位很好的人，我不喜歡因為大人的關係便禁止與她深交。而且雖說是深交，也只有在貴族院上課的那段時間而已，我沒有為家人帶來困擾。」

我一邊解釋著，一邊別開目光。我也知道無論如何辯解，我沒有聽從雙親囑咐仍是不爭的事實。

「可是，多虧了荷米娜大人，我們才能在飛蘇平琴茶會這樣公開的場合上，與萊瑟岡古的貴族相談甚歡喔。最終也帶來了不錯的結果，現在已經不用顧慮了吧？」

我和母親大人能在飛蘇平琴茶會上與萊瑟岡古的貴族相談甚歡，都是多虧了荷米娜大人與她的母親態度和善地向我們攀談。

「我還擔心因為我結婚的關係，會害妳也受到無謂牽連，現在聽到還有機會能夠接觸到萊瑟岡古那邊的貴族，我便放心了。心頭的重擔卸下了不少呢。」

姊姊大人面帶歉疚地微笑，我也露出了同樣的笑容。

儘管沒有多少時間了，但我還是能從現在開始尋找護衛對象，結婚對象更是許久之後才會決定。應該可以在局勢穩定一些的狀態下，挑選結婚對象吧。僅僅差了數年出生，情勢卻大不相同，所以儘管不是自己的錯，我仍然不自覺地對姊姊大人感到歉疚。

……但當然，也有可能在我結婚之後，情勢又突然有所轉變。

當下的局勢，都是由奧伯與他身邊的人在左右。我們只能隨著上位者的行動起舞，盡可能在對自己有利的條件下尋求生路。

懷抱著對彼此感到過意不去的心情，我們靜靜喝茶。沉默持續了好一段時間，我們誰也沒有開口說話。但是，並不是那種會讓人感到窒息的不快氣氛，為了讓自己的心緒平靜下來，這是必要且溫柔的靜默。

「……克莉思黛，那告訴我飛蘇平琴茶會的詳細情況吧。」

姊姊大人輕輕放下茶杯，轉換心情後露出微笑。

「在昨天參加的茶會上，有位女士一臉洋洋得意，說那天茶會上發生的事情她都是生平頭一次經歷，非常新奇少見。然後一群參加過的人自己討論得非常熱絡，誰也不肯詳細告訴我究竟發生了什麼新奇的事情，很過分吧？」

在姊姊大人出席的茶會上，沒能參加飛蘇平琴茶會的人似乎不多，所以讓姊姊大人覺得很沒面子吧。可是，我和荷米娜大人談及飛蘇平琴的茶會時，一憶起斐迪南大人的演奏，情緒也會有些激動起來，許多事情也無法付諸言語，所以省略了很多詞彙，在他人聽來多半很難理解吧。

「我倒是無法責怪那位女士呢。因為很多事情都是只有參加過飛蘇平琴茶會的人才能體會，我也不曉得該怎麼說明，才能讓沒有參加的人也能明白呢。」

「哎呀，克莉思黛，妳怎麼和大家說一樣的話。」

姊姊大人露骨地表現出不高興的樣子，我輕笑起來。

「因為單靠言語真的很難表達，也有些事情不能對沒有參加的人透露。既然現在是在家裡，那可以一邊看著東西一邊解釋，姊姊大人也會比較容易理解吧？」

我命令侍從拿來文件盒。盒裡放有我在飛蘇平琴茶會上取得的所有實物。首先，我從文件盒裡拿出僅有半邊的門票。

「不同於一般的茶會，飛蘇平琴的茶會並非是收到邀請函，而是必須購買這個所謂的門票才能參加。購買的時候，還要看著座位表，自己挑選還無人購買的座位，而不是由招待者決定喔。」

我說出了自己當初感到十分吃驚的事情後，姊姊大人也雙眼圓睜，掩著唇說：「所以不是依據身分與派系決定座位嗎？」

「是的。而且門票也有各種不同的金額，同樣金額的位置，可以隨意選擇自己要坐在哪裡。距離要演奏飛蘇平琴的斐迪南大人越近，門票金額越高，越遠則越便宜。」

已經買好門票的人，名字會寫在座位表上，所以自己也要考慮是否要與不善應對的人保持距離，是相當嶄新的座位決定方式。

「聽荷米娜大人說，為了向大家表示可以坐在自己喜歡的位置上，芙蘿洛翠亞大人特地選擇了遠離舞臺的位置呢。雖然與芙蘿洛翠亞大人同桌的全是相同派系的人，但鄰近的桌子也坐著其他派系的人，坐在附近的人，應該有不少機會能夠問候與交談吧。」

我和母親大人因為比較晚購買門票，所以沒能坐在芙蘿洛翠亞大人附近，於是在荷米娜大人的邀請下，購買了她旁邊座位的門票。因此，我才能和荷米娜大人一起聆聽演奏。

「……如果任何人都可以自己購買想要的座位，那薇羅妮卡派的貴族不也能坐到前面去嗎？」

「聽說為免讓演奏的斐迪南大人感到不快，艾薇拉大人在前面的位置都安排了萊瑟岡古那邊的貴族喲。」

「因為斐迪南大人一直受到薇羅妮卡大人的刁難排擠，能夠這樣安排，我便放心了。」

聽說以往斐迪南大人雖是領主候補生，但連在貴族院的時候，受薇羅妮卡大人之命的學生及其身邊的侍從們，仍會對斐迪南大人做些令人不敢苟同的行為。知道這件事情的姊姊大人聽到艾薇拉大人的細心安排，露出了放心的微笑。

「抵達茶會的會場後，侍從們會檢查門票，再帶領我們到座位上，然後把門票剪掉一半帶走。妳看，門票這裡被剪掉了吧？」

雖然不知道為什麼要收回半邊的門票，但只有半邊被剪掉帶走了。

「飛蘇平琴茶會上端出的點心是磅蛋糕和餅乾，都是羅潔梅茵大人想出來的新點心，連在芙蘿洛翠亞派的茶會上也是最近才剛開始出現呢。」

「我聽說都很少見，而且非常美味呢……」

姊姊大人嘆息說道，我「呵呵」笑著拿出了一包東西。

「這個是加了茶葉的餅乾，聽說是斐迪南大人十分喜愛的口味喲。演奏會結束之後，說是可以買下來當作那天的回憶。姊姊大人請吃一片看看吧。」

我把珍藏的餅乾給了姊姊大人一片。姊姊大人先是興味盎然地端詳餅乾，再輕輕張口咬下。

「……這個甜味是砂糖嗎？不過，因為不會太甜，感覺可以吃很多呢。」

「餅乾酥脆的口感與淡淡的甜味很美味吧？雖然會不自覺地想伸手拿下一

片，但我把餅乾當作是茶會的回憶，非常、非常珍惜著吃呢。」

也把自己的那一片放在碟子上後，我馬上收起餅乾。雖然規定自己一天只能吃一片，但現在只剩下兩片了。

「只要吃了這個餅乾，當時的飛蘇平琴聲便會在腦海中重新浮現。我在吃這個餅乾的時候，都會先進行一項重要儀式喔。」

「哎呀，什麼儀式呢？」

姊姊大人感到好奇地盯著我瞧。我再從文件盒裡拿出節目單。正面有著目前為止相當少見，用略粗的線條清楚勾勒而成的黑白圖畫，畫中是一名在彈奏飛蘇平琴的人物，上頭還印有曲目及歌詞。姊姊大人將身體稍微朝我挨過來，看起節目單。

「姊姊大人，這個叫作節目單，上頭列有茶會上演奏的曲目。因為是為了印刷業在募款，所以聽說會製作節目單，是為了讓更多人能夠了解這個新事業。我每次都會拿出這張節目單，看完一遍曲目與歌詞，在腦海中仔細地回想演奏會當時的情景，然後再吃餅乾。」

我仔細地看了一遍節目單後，才張口咬下餅乾。接著輕輕閉上眼睛，感受著餅乾的甜味，當時的飛蘇平琴聲也隨之在腦海中甦醒。

「全是我沒聽過的曲子呢。」

「姊姊大人，請看作曲者那裡。上頭寫著羅潔梅茵大人的名字吧？」

「由羅潔梅茵大人作曲，編曲者是斐迪南大人和羅吉娜……？羅吉娜是哪一位呢？」

「應該是羅潔梅茵大人的專屬樂師吧？我想這些應該是羅潔梅茵大人吩咐自己樂師作出來的曲子。」

我不認為那麼年幼的羅潔梅茵大人作得出這麼多曲子，是把專屬樂師創作的曲子，當成是羅潔梅茵大人創作的吧。指示專屬樂師作曲並不是什麼稀奇的事。

「但若是因為作曲與點心，提高了大家的期待，我想羅潔梅茵大人在冬季初次露面的時候，壓力會非常龐大吧。不過，節目單上的曲子每首都非常出色。尤其是這首獻給蓋朵莉希的情歌，動人的魅力更是難以筆墨形容。」

「斐迪南大人演奏了情歌嗎？我也好想聽聽看呢。以前在貴族院，我只能趁著斐迪南大人練琴時偷偷聆聽，那時便已經是沁人心脾的流利演奏了。」

不同於曾有段時間與斐迪南大人一同就讀貴族院的姊姊大人，我是第一次聽到斐迪南大人演奏飛蘇平琴，但他那天籟般的嗓音，真的讓人不禁深信他肯定受到了藝術女神裘朵季爾的眷顧。

「飛蘇平琴的茶會上還設置了許多魔導具，讓斐迪南大人的歌聲能夠傳到屋內所有角落，就好像在耳邊唱歌一樣呢。我彷彿看見了春天的女神們皆聚集而來、婆娑起舞，肯定也有不少女士感受到了萌芽女神布瑠安法的到來吧。」

「是呀，我能明白。連公主也非常喜愛斐迪南大人彈奏的飛蘇平琴嘛。」

姊姊大人咯咯笑著，點一點頭。

「可能因為唱的是情歌，也可能因為是斐迪南大人的歌聲，茶會上不少人因為太過感動和激動，相繼失去了意識呢……這件事我只告訴姊姊大人，其實連母親大人也暈過去了唷。」

「母親大人嗎？」

「是的。雖說是為了改變派系，但這次花了不少錢吧？所以母親大人起先並沒有什麼興致，卻在情歌唱到一半的時候……其實不只母親大人，我也不由自主趴在桌上，騎士差點要來把我帶走呢。我急忙坐起來，表示自己沒事。」

聽見我說有好幾位女士暈厥過去，被騎士團帶出會場，姊姊大人目瞪口呆。

「竟然在那樣的公開場合下暈厥過去……」

這是身為淑女該感到羞愧的失態。但是，對於參加了那場茶會的人來說，那一點也不算是失態。待在那樣的空間裡，只會覺得這樣也是情有可原。

「那真的是一段非常特別的時間。所有人都在桌子底下緊緊握住空魔石，壓抑下激昂的情感。發現自己的情感竟然激動到了空魔石都盈滿魔力，我也吃了一驚呢。」

平時我們都會隨身攜帶空魔石以防萬一，但幾乎很少真的拿出來使用。因為原本不該是使用空魔石，而是該藉著理智壓抑下激昂的情緒。

「……這下子我終於能明白，為什麼無法對沒有參加的人詳細說明呢。」

飛蘇平琴茶會並不是以往那種注重體面的社交場合，在那裡，反而會讓人赤裸裸地表露出自己的情感。之所以難以向沒有參加的人說明，是因為也等於要暴露自己的醜態。若不是能夠互相理解那種興奮有多麼愉快的人，便很難熱絡討論這件事。

「最後連奧伯也趕來一同參與，和斐迪南大人一起演奏了飛蘇平琴唷。我也是第一次聽到奧伯的演奏，一樣相當出色呢。兩人同時演奏後，琴聲更是渾厚飽滿，非常活潑歡快。而且彈的又是大家熟悉的賽何莫涅之歌，所以大家便一起歌唱。茶會現場有種前所未有、彷彿融為一體的奇妙感受，如果能夠再一次體會，我很想再次參加呢。」

「……我也好想去呢。」

姊姊大人羨慕地吐了口氣。

「呵呵，這樣東西我只拿給姊姊大人看唷。這個也是只有參加過的人才能知道的秘密，也是我的寶物。」

我從文件盒裡拿出一包布包，小心翼翼地把布掀開。

「哎呀！這不是斐迪南大人的畫像嗎！這是怎麼回事？倘若被薇羅妮卡大人發現，我們家……啊，她已經不在了呢。」

姊姊大人目不轉睛地望著斐迪南大人的畫像，神色充滿喜悅。我知道曾有段時間與斐迪南大人一同就讀貴族院的姊姊大人，暗自十分崇拜斐迪南大人。

……因為姊姊大人告訴了我很多有關斐迪南大人的事蹟，例如他在迪塔比賽上如何大顯身手，彈的飛蘇平琴又有多麼完美。

「這些是用叫作印刷術的新技術印出來的畫像。很美麗吧？很精緻吧？充分表現出了斐迪南大人的容貌有多麼俊秀呢。只要看著這些畫像，我便能一再地回想當時的演奏情形。」

我一邊小心著別弄髒和弄縐，把三張畫像擺在桌上。雖然已經訂做了可以擺設在房裡的畫框，但許久之後才會完成。在那之前，必須慎重保管。

「是荷米娜大人告訴我，印刷是一種可以做出一模一樣文書的新技術。我雖然覺得可以做出大量相同的東西十分了不起，但起初並不認為有必要為此進行募捐。」

荷米娜大人把她在演奏前購買的節目單拿給我看時，我只覺得如果需要相同內容的文書，聚集大量的文官來抄寫就可以了。

「是呀。如果是貴族人數減少了的現在，這項新技術也許還有用，但等文官增加，交由他們去做就好了。這樣等同會奪走魔力不多的下級文官的工作吧？」

我不像姊姊大人這樣，還考慮到了下級貴族的生計，但我認為應該有不少貴族，都無法理解為什麼要花那麼多錢投資在印刷上。

「但是，在聽完斐迪南大人的演奏後，再看到現場販售的這些畫像，我便不再這麼認為了。可以做出大量相同的東西這點非常重要。文官不可能抄畫得出和這些一模一樣的畫像吧？」

一般訂購畫作，必須要等上極長的一段時間才會完成，也不可能同時販售相同的畫作給許多人。但是，所有人都擁有同樣的畫像這點最是美妙，能夠藉此來強調所有人共有的回憶。

「這麼說來，還有許多張和這一樣的畫像嗎？」

「是的。飛蘇平琴的茶會上，用印刷這項技術印出的畫像，每種都各有一百張，而且全都一模一樣，聽說已經售罄……」

姊姊大人著迷地緊盯著斐迪南大人的畫像，最終露出了下定決心的表情，看著我說：

「克莉思黛，請把一張畫像讓給我吧。只要有了畫像，我也能夠在茶會上參與大家的討論。」

「姊姊大人，這我沒有辦法答應。」

「但妳有三張畫像，讓給我一張有何不可呢？我也想要斐迪南大人的畫像。」

我知道姊姊大人十分崇拜貴族院時期的斐迪南大人，也能明白未能參加飛蘇平琴茶會的姊姊大人在參加其他茶會時，這張畫像將能成為強大的武器。

但是，桌上的三張畫像每張都不一樣。而且我已經答應過母親大人，直到畫框完成之前，會負責完好地保管這些畫像，所以才交由我收藏。我既不能自作主張讓人，我想當時雙眼閃著亮光買下了三種畫像的母親大人，也不會讓畫像離開我們家。

「這些畫像只是母親大人交由我保管而已。即便是姊姊大人，我也不能讓給您，況且一張畫像要價五枚大銀幣呢。」

「沒有上色的畫像居然要五枚大銀幣？而且還購買了三張，父親大人能夠接受嗎？」

「父親大人當然訓了我們一頓，說只是參加一次茶會而已，未免花太多錢了……但母親大人辯解道，這是轉移派系的必要經費。」

因為母親大人起先對茶會並不感興趣，是父親大人命令她參加，所以聽到母親大人這麼說，父親大人也無法再有怨言吧。

「哎呀，雖然是這麼聲稱，但母親大人其實還激動到了失去意識吧？」

「哎呀，姊姊大人，母親大人的失態一定要保密唷。我剛才給了妳我十分寶貝的餅乾吧？除了飛蘇平琴的茶會，在其他地方可買不到呢。」

姊姊大人帶著無奈與感佩嘆氣時，奧多南茲飛進了房間。

「是哪一位呢？」

奧多南茲先在房內繞了一圈，然後降落在我面前。

「克莉思黛大人，我是荷米娜。十天後，艾薇拉大人將主辦訴說飛蘇平琴茶會感想的茶會。艾薇拉大人說了，要邀請購買了斐迪南大人所有畫像的人唷。屆時再一起開心討論吧。」

奧多南茲用著荷米娜大人雀躍的嗓音，重複了三次關於茶會的通知。完成了任務後，在桌上變回黃色魔石。

「因為買了所有的畫像，受邀參加艾薇拉大人舉辦的茶會……？這下子父親大人再也不能斥責母親大人了呢。」

姊姊大人瞠目結舌地這麼說，我也不作聲地不住點頭。

「姊姊大人，我會試著向艾薇拉大人提出請求，希望能夠再一次舉辦飛蘇平琴的茶會……」

「克莉思黛，只要沒有老爺的許可，我便無法參加茶會，所以即便只是販售畫像也好，請拜託艾薇拉大人務必再次販售。」

與姊姊大人一同愉快共度了茶會的十天後，我和母親大人前往參加了艾薇拉大人主辦的茶會。比起互相訴說對飛蘇平琴茶會的感想，更像是讚揚斐迪南大人大會，但大家彷彿正等著這一刻，澎湃激昂地沉浸在回憶當中，是段任何事物也難以取代的快樂時光。在這麼愉快的時光裡，會有人懇求「請務必再一次舉辦飛蘇平琴茶會」，也是自然而然的發展吧。

然而，艾薇拉大人卻悲痛地沉下了臉，環顧我們說：

「我個人也感到非常遺憾，但今後再也無法聽見斐迪南大人演奏飛蘇平琴，也不能再販售斐迪南大人的畫像了。」

艾薇拉大人說明，因為是說好僅有一次，斐迪南大人才願意鼎力相助，恐怕難有第二次；甚至奧伯還向本人告知了畫像販售一事，斐迪南大人因此疾言厲色地訓了印製畫像的羅潔梅茵大人一頓，並要她以後再也不能販售畫像。

……怎麼會這樣！讓我們明白了印刷有多麼美好以後，卻又在頃刻間將捐出了莫大金額的我們推入絕望深淵！

我對奧伯・艾倫菲斯特的不滿恐怕永遠也無法消除吧。

焦急的心情

（「成為小說家吧」網站特別短篇收錄區・多莉視角）

「多莉，妳差不多該休息了吧？」

「等我手上這個做完就去睡了。」

準備要睡覺的母親朝我喚道，我應聲之後，加快速度但也盡可能細心地編好手上這枚花瓣。把線剪斷，小心地處理好最後步驟後，我放下鉤針，看著剛做好的紅色花瓣，往後用力仰身，「嗯～」地大伸懶腰。

「自從妳當上都帕里學徒，就變得好忙呢。」

「這全是梅茵害的嘛。」

把鉤針收進工具盒裡，我噘起嘴巴說。自從我成為都帕里學徒，開始在奇爾博塔商會工作以後，珂琳娜夫人與歐托老爺就不斷收到來自貴族大人的花飾訂單。好像是梅茵在貴族大人的星祭上不知道做了什麼事情，客人一口氣增加許多。本來我還以為是不是布麗姬娣大人的新衣大受歡迎，但要求製作新衣的委託卻不多，收到的反而全是花飾的訂單。

拜此之賜，要做髮飾的我忙得暈頭轉向。當然工坊裡頭除了我以外，也有其他人會編花飾，但因為能做最多種類、最熟練的人是我，工作自然而然就集中落到我頭上。

其實，梅茵偶爾還會在給我的繪本與信件裡頭，畫些說明編法用的符號，然後在旁邊寫說：「我還知道這種編法，能用來編織髮飾嗎？」由於其他人都看不懂那些符號，當然只能由我先做出來。我要自己先看懂梅茵教的編法，試著做出新款式的花朵以後，再教給大家，所以不知不覺間，我在工坊裡已經成了負責教的人。

好不容易簽訂了都帕里契約，能被工坊重用自然是值得高興的事情，但感覺自己一直在做髮飾，裁縫的功力卻沒什麼提升。

「明明我和梅茵約好，要為她做衣服，結果現在卻一直在做髮飾……我也想做點和裁縫有關的工作呢。」

「可是，只要妳更認真地學習禮儀，店裡的人會願意帶妳去貴族大人的宅邸吧？」

「是這樣沒錯啦……」

我大嘆口氣。禮儀一樣十分難學。因為只靠自己摸索，根本就不曉得哪裡有什麼不同。想到自己現在這樣的情況，再想到路茲的言行舉止變得那麼斯文有禮，我就羨慕得不得了。明明路茲也是被梅茵連累得慘兮兮的同伴，卻只有他離貴族大人越來越近。

今年從夏季中旬到要準備過冬的這段期間，路茲去了遠方一個名叫伊庫那的地方，說是要在那裡製作新紙張。

由於會有地位很高的貴族大人造訪伊庫那，聽說所有居民一起學習了禮節與儀態。由服侍過貴族的灰衣神官擔任老師，路茲也加入了練習的行列。我現在因為要忙著製作髮飾，又沒有人教我，所以覺得路茲這樣有點奸詐。

「多莉，那請路茲教妳不就好了嗎？」

「……但路茲也很忙啊。雖然這也是梅茵害的。」

為了研究新紙張，路茲好像從伊庫那帶了各種材料回來，現在正忙著在墨水工坊與木工工坊之間兩頭跑。

「真羨慕加米爾。梅茵給他的都不是工作，只有玩具。」

前陣子路茲帶來了梅茵向木工工坊訂做的玩具，送給加米爾。用薄木板製成的箱子上挖了許多形狀不一的洞，還搭配了對應的積木，玩法就是找到形狀相符的積木拼上去。目前加米爾還只能裝對圓形的積木，但一個人可以玩得很起勁。

加米爾很喜歡會帶玩具過來的路茲，如果就這麼長大成人，說不定還會在路茲的介紹下成為普朗坦商會的學徒。

「媽媽，加米爾以後會不會也是一輩子任由梅茵擺布呢？」

「或許吧，但那也是加米爾的選擇喔。再說了，多莉妳也是自己喜歡才會做這些事情的吧？……那個不是梅茵的冬季髮飾嗎？」

母親指著桌上的紅色花瓣說。被母親說中的我一時語塞，情急之下捏起花瓣解釋：

「這是因為明明就要換季了，梅茵卻沒有向我訂做新髮飾，我只好自己先做好再拿去給她嘛。都已經成了領主大人的養女，要是每年都戴一樣的髮飾，那多沒面子啊。我是為了讓梅茵不要丟臉……」

「老實說妳是因為想去見很久不見的梅茵嘛……」

母親說完吃吃笑了起來。我有些鼓起臉頰。

……因為梅茵現在也很忙，沒什麼機會見到面，我最近也沒來由地無法坦率說出自己想見梅茵嘛。

我甚至還胡思亂想起來，然後暗自感到消沉。像是會不會其實只有我單方面想見梅茵？梅茵現在是不是更喜歡貴為貴族的新家人呢？

我收起不安的情緒與做到一半的髮飾，對母親笑了笑聳聳肩。

「我只希望梅茵可以早點擁有健康的身體。路茲跟我說，梅茵已經蒐集到藥水所需的所有材料了喔。」

「是嗎，梅茵可以擁有健康的身體了呢……」

母親說完淡淡微笑，臉上露出了又像高興又像覺得寂寞的複雜表情。我非常可以明白她的心情。

梅茵能有健康的身體當然令人開心，卻也讓人覺得她會離我們更加遙遠。原先的梅茵總是身體虛弱、動不動就暈倒，所以總覺得她會變得越來越不像是我們認識的梅茵，把我們拋在原地越走越遠。

……我會好好努力，早日變成一流的裁縫師，所以先別跑得太遠喔，梅茵。

我伸出手，輕輕撫摸那紅色的花瓣。

近侍生活開始了

（全新短篇）

「布倫希爾德大人，羅潔梅茵大小姐想問您是否願意成為她的近侍。大小姐因為在神殿長大，先前又靜養長達兩年的時間，以貴族來說仍有許多不足。成為近侍以後，就必須協助她彌補這些缺點，想必會是一份不輕鬆的工作。不曉得您是否仍願意做好覺悟，以見習侍從的身分服侍大小姐呢？」

就在羅潔梅茵大人進入宿舍的當天，她的首席侍從黎希達前來詢問我有無意願成為近侍。由於稍早前莉瑟蕾塔才訓誡過我，我也有些擔心，是否在歡迎新生的場合上太向羅潔梅茵大人宣傳自己了，所以聽到黎希達前來探問，讓我鬆了極大一口氣。

「我一直等著羅潔梅茵大人醒來呢。父親大人也說，若要服侍就要奉羅潔梅茵大人為主人。」

「哎呀，還真像基貝．葛雷修會說的話。」

長年來備受薇羅妮卡大人打壓的萊瑟岡古貴族們，都決定要傾派系之力，支持領主候補生中的羅潔梅茵大人。而我身為基貝．葛雷修的女兒，與萊瑟岡古的貴族們有著密不可分的關係，受命要去輔佐原是卡斯泰德大人與艾薇拉大人的女兒，如今成了領主養女的羅潔梅茵大人。

不僅如此，我也被要求去查探奧伯為何突然收羅潔梅茵大人為養女，以及為什麼不是選擇萊瑟岡古的貴族或波尼法狄斯大人的親族，而是選了曾為奧伯近侍的黎希達成為她的首席侍從，希望我能查出內情。

父親大人他們或許有自己的想法吧……

但是，查探內情這種工作，交給萊瑟岡古那些擅長蒐集情報的見習文官，例如哈特姆特大人他們就好了吧。我想盡可能與羅潔梅茵大人親近，向中央推廣髮飾與新食譜這些新流行。

……奧伯好不容易同意可以推廣新流行了。待在貴族院的時光這麼短暫，我才不想把時間分給那些無意義的事情。

「黎希達大人，我非常樂意。」

「那麼今後我們便是服侍同一位主人的同僚了。布倫希爾德，請直接叫我黎希達吧。」

由於近侍的房間都集中設置在領主候補生的對面，我也奉命搬往指定的房間。

「構造就和上級貴族的房間一樣呢。」

這是因為領主候補生通常多是招納上級貴族為近侍，這裡的房間似乎也是參考了上級貴族的房間大小。對於被納為近侍的中級貴族來說，他們會覺得房間變大、家具也變豪華了，但對我來說其實沒有改變。在我環顧房間的時候，安潔莉卡來呼喚我。

「行李就交給下人與自己的侍從搬運，請妳前去向羅潔梅茵大人問候一聲。」

「我知道了。」

把後續工作交給侍從以後，我走出自己的房間，發現新納的近侍們已經聚集在羅潔梅茵大人的房門前。正和安潔莉卡說話的人是莉瑟蕾塔。她是四年級的中級見習侍從，在年長的侍從們之間評價很好，都說她做事細心且周到。我聽說她因為感念羅潔梅茵大人的恩情，一直希望能侍奉她。

……她的母親還是芙蘿洛翠亞大人的侍從，姊姊安潔莉卡更是羅潔梅茵大人的見習護衛騎士，從派系的角度來看，完全不需要警戒吧。

而站在安潔莉卡旁邊聽著兩人說話，一雙堇紫色眼眸熠熠生輝的人，是二年級的優蒂特。她是在克倫伯格守衛國境門的騎士的女兒。我聽說她與同年的人相比，已經受過相當精實的訓練，而且她很崇拜安潔莉卡，所以也想成為羅潔梅茵大人的近侍。

……克倫伯格素來與舊薇羅妮卡派保持些許距離，想必不需要太過警戒吧。

「菲里妮，妳也被提拔了嗎？真高興可以跟妳一起侍奉羅潔梅茵大人呢。」

「因為菲里妮一直在為羅潔梅茵大人抄寫故事，真是太好了呢。」

至於優蒂特用明朗的聲音喚道，莉瑟蕾塔也對其溫柔招手的人，正是戰戰兢兢走來的菲里妮。菲里妮是下級見習文官，今年是一年級新生。先前柯尼留斯還在兒童室向眾人表示：「尚未決定要納菲里妮為近侍。」難道是羅潔梅茵大人不顧身邊人們的擔心，堅持要納菲里妮為近侍嗎？

……不管是達穆爾還是菲里妮，看來羅潔梅茵大人是位不看身分、喜歡誰就將其納為近侍的人呢。

當然，要納誰為近侍也是羅潔梅茵大人的自由，只是想成為領主一族近侍的人多不勝數。眼看下級貴族被納為近侍，肯定有許多人會心生不快吧。同為近侍的我們若不幫忙小心留意，旁人的眼紅嫉妒，有可能會把年紀還小、身分又低的菲里妮壓垮。

……但話又說回來，羅潔梅茵大人是萊瑟岡古的希望之光吧？

在眼前新納的近侍中，我卻沒看見其他萊瑟岡古的貴族。雖說見習護衛騎士中還有也是羅潔梅茵大人親哥哥的柯尼留斯，其實並不算是完全沒有。但看著最終敲定的近侍人選，總覺得似乎在與萊瑟岡古的貴族們保持距離，會是我想太多了嗎？

「哎呀，是我動作太慢了嗎？」

背後傳來的話聲讓我回過頭，只見四年級的萊歐諾蕾正大步朝我們走來，俐落的身姿很有騎士風範。發現還有自己非常熟悉的萊瑟岡古貴族，我不禁大鬆口氣。因為萊瑟岡古貴族在近侍中占的比例實在太少，我正感到不安，但看來是我多慮了。

「萊歐諾蕾，妳也成了近侍呀。」

「是啊。今後同為近侍，我們要比以往更好好相處呢。」

在親戚的聚會上，由於年紀相近，我與萊歐諾蕾經常是一起行動，所以發現她成了見習護衛騎士，我真是高興得難以言語。

「羅潔梅茵大人，請問能讓近侍們進來嗎？」

安潔莉卡開門詢問後，房內傳來羅潔梅茵大人這麼回應的聲音：「嗯，讓她們進來吧。」於是我們依著身分順序排成一排，跟著安潔莉卡走進房間。

……好大的房間！

這還是我第一次進入領主一族的私室，意想不到的寬敞令我瞠目結舌。怎麼看也不像是個人寢室該有的規模。

一進門，左手邊是好幾張款式相同的椅子。想必在舉辦茶會的時候，就能依據訪客人數來調整椅子的配置數量吧。右手邊的牆上則裝飾著繪畫與刺繡等作品。我想這些作品一定都是羅潔梅茵大人親手完成的。除了兩年前在首次亮相時展現過的琴藝，羅潔梅茵大人似乎連繪畫與刺繡也十分精通。憶起當年甚至還洋溢著祝福的演奏，我不由自主發出讚嘆。

……倘若沒有沉睡這麼長的時間，不曉得羅潔梅茵大人又會進步多少呢。真是教人感到惋惜。

羅潔梅茵大人就坐在正前方幾步路外的圓桌後方，看著我們走進屋內。那年幼的模樣讓人難以想像她已經進入貴族院就讀，反倒令我想起了首次在冬季兒童室裡向她問候時的情景。她看起來幾乎與那時候一模一樣。

羅潔梅茵大人坐在以坐墊調整了高度的椅子上，雙腳完全搆不著地，稚嫩的模樣讓人看了很想痛罵當年的匪徒。想必羅潔梅茵大人自己也會很辛苦，但為了讓主人在貴族院生活時沒有任何不便，必須做好萬全準備的侍從也得多費一些心思吧。

……但當然，我會努力做得滴水不漏。

懷抱著這樣的決心，我身為基貝‧葛雷修的女兒，盡可能以優雅的姿態跪在羅潔梅茵大人身前。

「羅潔梅茵大人，由衷感謝您的提攜。在引領流行這方面，還請交由我為您效勞。」

「好的。社交方面的事情，我正想請布倫希爾德多多幫忙呢。」

這兩年來我十分認真地蒐集流行方面的情報，成果也得到了羅潔梅茵大人的認可，現在她還把與他領社交往來的協助工作交給我。自己至今的努力得到認可，又能負責自己想做的工作，我高興得費了好大一番力氣才沒讓嘴角往上揚。

那要怎麼推廣艾倫菲斯特的新流行才好呢？在我思考這件事時，莉瑟蕾塔也已經向羅潔梅茵大人道完問候。

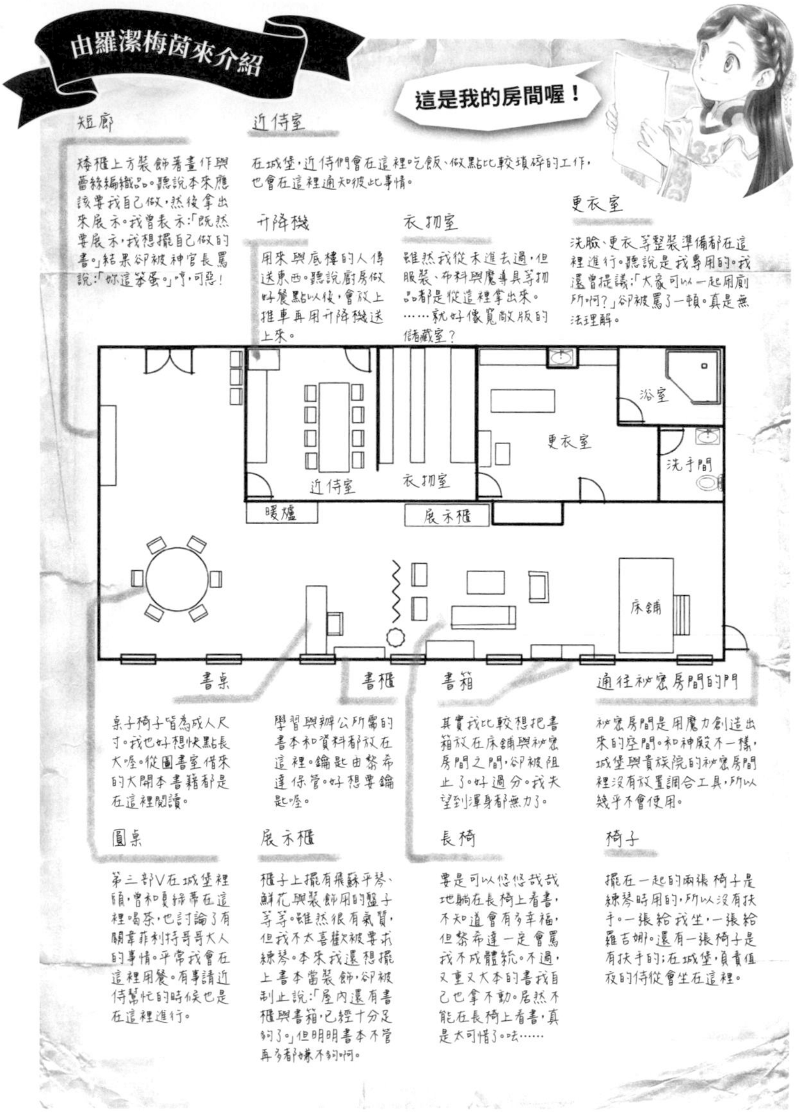
由羅潔梅茵來介紹
這是我的房間喔！
短廊
矮櫃上方裝飾著畫作與蕾絲編織品。聽說本來應該要我自己做，然後拿出來展示。我曾表示：「既然要展示，我想擺自己做的書。」結果卻被神官長罵說：「妳這笨蛋。」哼，可惡！
近侍室
在城堡，近侍們會在這裡吃飯、做點比較瑣碎的工作，也會在這裡通知彼此事情。
升降機
用來與底樓的人傳送東西。聽說廚房做好餐點以後，會放上推車再用升降機送上來。
衣物室
雖然我從未進去過，但服裝、布料與魔導具等物品都是從這裡拿出來。……就好像寬敞版的儲藏室？
更衣室
洗臉、更衣等整裝準備都在這裡進行。聽說是我專用的。我還曾提議：「大家可以一起用廁所啊？」卻被罵了一頓。真是無法理解。
浴室
更衣室
洗手間
近侍室
衣物室
暖爐
展示櫃
床鋪
書桌
桌子椅子皆為成人尺寸。我也好想快點長大喔。從圖書室借來的大開本書籍都是在這裡閱讀。
書櫃
學習與辦公所需的書本和資料都放在這裡。鑰匙由黎希達保管。好想要鑰匙喔。
書箱
其實我比較想把書箱放在床鋪與祕密房間之間，卻被阻止了。好過分。我失望到渾身都無力了。
通往祕密房間的門
祕密房間是用魔力創造出來的空間。和神殿不一樣，城堡與貴族院的祕密房間裡沒有放置調合工具，所以幾乎不會使用。
圓桌
第三部V在城堡裡頭，曾和夏綠蒂在這裡喝茶，也討論了有關韋菲利特哥哥大人的事情。平常我會在這裡用餐。有事請近侍幫忙的時候也是在這裡進行。
展示櫃
櫃子上擺有飛蘇平琴、鮮花與裝飾用的盤子等等。雖然很有氣質，但我不太喜歡被要求練琴。本來我還想擺上書本當裝飾，卻被制止說：「屋內還有書櫃與書箱，已經十分足夠了。」但明明書本不管再多都嫌不夠啊。
長椅
要是可以悠悠哉哉地躺在長椅上看書，不知道會有多幸福，但黎希達一定會罵我不成體統。不過，又重又大本的書我自己也拿不動。居然不能在長椅上看書，真是太可惜了。唉……
椅子
擺在一起的兩張椅子是練琴時用的，所以沒有扶手。一張給我坐，一張給羅吉娜。還有一張椅子是有扶手的；在城堡，負責值夜的侍從會坐在這裡。

「大小姐，兩名見習侍從，就由我來說明房內的工作分配吧。」

看來打完招呼後，馬上要了解工作內容。黎希達帶著我們往內部走去。

「接下來為妳們說明羅潔梅茵大人的房間配置，以及見習侍從該做哪些工作。貴族院宿舍的房間構造與城堡一樣。只不過，每一代的領主候補生都是使用原先附在屋裡的家具，所以整體的氛圍還是會不大相同。」

幾乎所有家具都是原先就有，這點似乎和我們房間一樣。定睛細瞧，所有家具感覺皆已年代久遠。

往房內移動後，左手邊有暖爐，右手邊有書桌與書櫃。在用植物與屏風略微遮起的後方就是私人空間，放有練飛蘇平琴用的椅子、歇息用的長椅，另外還有展示櫃。最裡頭是一張偌大的床鋪，感覺睡得下好幾位個子嬌小的羅潔梅茵大人。

……所以越往內是越私密的空間吧。

這也就是說，此刻羅潔梅茵大人所在的圓桌與同款椅子，並不是歇息用的場所，而是整個房間裡最對外開放的空間。我稍微轉身回望。

「黎希達，我一直以為貴族院裡會有茶會室，就是因為他領的人不能進入宿舍，但領主候補生也會在自己的房間裡舉辦茶會嗎？」

「等明年夏綠蒂大人也進來就讀，或許羅潔梅茵大人會在房裡與她舉辦茶會吧。因為兩位的感情十分要好。」

我聽聞羅潔梅茵大人就是在夏綠蒂大人受洗的當晚遭到襲擊，因而沉睡兩年的時間，醒來時已經是今年秋末的事了。兩位究竟是哪來的時間能夠加深交流呢？今年羅潔梅茵大人也幾乎沒來兒童室露面，所以我從未見過兩人同進同出。

「此外關於圓桌的用途，在貴族院這裡，羅潔梅茵大小姐會與近侍們進行日常匯報，近侍們也會在這裡協助大小姐完成課業，以及一起討論該如何籌備由大小姐主辦的茶會等等。至於男性近侍也得在場討論的時候，會使用一樓的會議室。」

「黎希達，妳剛才說在貴族院這裡，那麼在城堡時，圓桌還有其他用途嗎？」

「我想這部分等回到城堡再說明即可。」

確實是不需要馬上知道，之後再了解就好了。我點點頭，並在心裡提醒自己，以後在指導後進工作的時候，也要依序先教「需要馬上知道的事情」。這時，莉瑟蕾塔在旁邊側過臉龐。

「莉瑟蕾塔，怎麼了嗎？」

「……請問，我發現書箱放在長椅旁邊，但是否放錯位置了呢？我記得一般都是擺在書桌附近……」

聞言，我再定睛一看，發現床鋪與長椅之間竟然擺了兩個書箱。在統一使用了紅色與粉紅色調，藉以增添甜美氣息的歇息用空間裡，那兩個書箱顯得有些突兀且煞風景。

黎希達往羅潔梅茵大人瞥了一眼，先是說明：「那兩個書箱並沒有擺錯地方。」然後傷腦筋地嘆口氣。

「大小姐說她沒有書就無法歇息，自由時間基本上也都在看書。但由於大小姐一看起書來就會對周遭事物不聞不問，所以書箱與書櫃的鑰匙全由我在保管。第七鐘一響，我就會把書收起來，然後鎖上書箱與書櫃。因為羅潔梅茵大小姐若繼續看書，根本不會上床歇息。」

我曾聽說有的領主候補生會被鼓勵要多讀點書，但被限制看書時間的領主候補生還是頭一次耳聞。從黎希達的語氣，可以聽出羅潔梅茵大人愛書的程度已經影響到了日常作息。

……這麼說來，以前在兒童室的時候，她也曾開心地翻看著厚重書籍呢。

由於那時是大家的學習時間，我還猜想羅潔梅茵大人應該已經學過了，只是為了配合大家，才表現出自己也在看書的樣子，但似乎是她本來就很愛閱讀。

「床鋪後方的那扇門通往祕密房間。只有大小姐要求我們打掃，或者邀請我們的時候才能進去。」

我點點頭，仰頭看向整個床舖。床架本身雖然歷史悠久，但此刻已掛起厚重的布幔，準備好的寢具也都有著精美刺繡，一看便知比上級貴族的用品還要高級。

「這裡是更衣室。這裡是洗手間，那扇門打開後，裡頭便是浴室。洗臉臺上鑲有綠色魔石的水壺與底樓的水缸相通。沐浴時要用這邊的綠色魔石往浴池注水，然後以藍色魔石加熱。這些皆是浴室專用的魔導具。」

「我已經在課堂上學習過了，但布倫希爾德今年剛升上三年級，應該還沒……」

「不，我沒有問題。因為我家裡也有這些魔導具，所以知道怎麼使用。」

雖然寬敞程度比不上這裡，但更衣室等場所的使用方式就和我家差不多。反而是與家人共用浴室和洗手間的莉瑟蕾塔，可能要花點時間才能習慣這裡的使用方式。

「會在浴室內用到的物品都放在這個籃子裡。請在準備好熱水後再拿進去。」

我曾聽說絲髮精是羅潔梅茵大人想出來的產品，只見籃子裡的絲髮精有著我未曾見過的香氣。想必是專為羅潔梅茵大人製作的吧。眼看自己能夠接觸到最新的流行，我心潮一陣澎湃，接著是確認按摩用的油與洗衣籃放在哪裡。

「待洗衣物請放進這邊掛有藍色牌子的籃子裡。等早上為大小姐換好衣服，便要放到推車上，用升降機送去給底樓的下人們。至於替換用的衣服，放在這邊的衣物室。」

衣物室內直到盡頭擺有好幾個櫃子，分成貼身衣物、上身衣物、鞋子與飾品來擺放，另外也放有修補服裝用的布料。

「貴族院制服與騎獸服等上課要穿的服裝放在這邊，起居服則是這邊。保險起見，我也預先準備好了社交用的正裝。寢具放在這裡，針線與熨斗等工具在這個櫃子裡。清掃用的魔導具則放在這邊的櫃子裡面。此外例如協助大小姐沐浴時，有些工作會碰到水，屆時請穿上這邊的圍裙。」

看來工作所需的用具也放在衣物室裡。而且主人的物品與侍從的工作用品徹底區分開來，所以要來拿東西時應該不至於找不到。

「我為了工作起來方便，在城堡的房間一樣是這麼擺放工作用具。工具用完以後請務必放回原位。」

黎希達一邊說道，一邊走向與衣物室相連的房間，偌大的桌子最先映入眼簾。

「這邊是近侍室。我們會在這裡做些不想讓主人看見的工作，彼此有需要討論或通知的時候也是在這裡進行。櫃子裡頭備有茶點與茶具，隨時可以端給主人。如果需要修補東西或是休息，都請在這裡的桌邊進行。」

說完，黎希達打開櫃子，邊說明邊向我們展示泡茶工具與羅潔梅茵大人喜愛的茶葉。

……羅潔梅茵大人喜歡福加夫茶與愛爾格茶以二比一的比例沖泡，然後加入大量古羅瓦修的牛奶……

「端送茶水用的推車放在這裡。這個是升降機，用來與底樓的下人們互相傳送東西。待洗衣物放進掛有藍色牌子的籃子裡後，要往這裡注入魔力，把東西往下送，第六鐘之前下人們就會清洗乾淨送回來。想燒熱水的時候，請把這個牌子送去底樓；他們燒好水後會把牌子送回來，屆時就能用鑲有藍色魔石的這個水壺泡茶。需要點心的時候則是送去這塊牌子。」

黎希達接連向我們出示形狀與顏色各不相同的牌子，再教我們如何使用升降機，接著打開某個上鎖的櫃子。

「大小姐的藥水都放在這裡。斐迪南小少爺把藥水託給我保管，所以如果妳們發現大小姐的臉色不太好看，還請來通知我一聲。另外，這是我要侍奉大小姐時，斐迪南小少爺交給我的注意事項，妳們之後有空也要看過內容。」

「是。」

我很快地掃過黎希達遞來的注意事項，發現木板上密密麻麻寫著的，全是如何限制羅潔梅茵大人的讀書時間，以及每天適當的運動量該有多少。過於鉅細靡遺的叮嚀讓我大吃一驚，莉瑟蕾塔看了眼木板後露出微笑。

「我透過姊姊大人，早已耳聞羅潔梅茵大人有多麼虛弱，所以布倫希爾德妳先看吧。聽說連參加茶會的時間也有限制呢……」

「看來在與他領討論社交活動的安排之前，得先把這些內容記下來呢。」

放置藥水的盒子也十分巨大。儘管應該是額外多做了準備，但還是多得嚇人。想起自己為了來貴族院所準備的藥水量，我真切地感受到了羅潔梅茵大人有多麼虛弱。

「見習侍從要在第一鐘起床，整裝做好準備。由於第二鐘響後要用早餐，所以必須在那之前為大小姐梳妝打扮好。首先，要用魔導具簡單打掃房間。打掃完時，護衛騎士們應該也已經來到近侍室集合，屆時要一起確認由誰負責上下課的接送與護衛。之後再去叫醒大小姐。」

聽說羅潔梅茵大人儘管已經提醒過她，在侍從叫她之前絕對不能下床，但她在有書想讀的時候，就會把書藏在書桌的抽屜裡，或者事先藏在棉被底下，偶爾還會就著晨光坐在書桌前看書。

……羅潔梅茵大人究竟有多愛看書呢？

黎希達在分享工作上會遇到的難題時，全都與書還有羅潔梅茵大人虛弱的身體有關。

「同為貴族女性，早上進行準備的流程應該大家都差不多，相信妳們不用我多說也知道吧？整裝完畢後就是用早餐。在城堡雖然要等主人吃完後往下分送，但在貴族院，是在餐廳與主人一起用餐。所以當我說『請去收拾籃子』時，請兩位盡快從更衣室穿過衣物室，前往近侍室收拾好籃子。之後再直接從近侍室返回自己的房間，帶著自己的侍從來大小姐的房門前集合。」

與此同時，羅潔梅茵大人與黎希達會照著鏡子，做完最終確認後再離開房間。也就是說，我們得在這短短的時間內做好要去餐廳的準備。看來若要優雅地完成這一連串動作，我也需要與自己的侍從好好討論一番。

「用完早餐，做好上課的準備後，便要往多功能交誼廳移動。大小姐一旦在這時候開始看書，就很難叫得動她，讓她出門上課。所以在多功能交誼廳時，要引導大小姐多與其他學生交流。大小姐因為身體虛弱，又沉睡長達兩年的時間，所以極少有機會與他人往來相處。」

「在與他領展開社交活動之前，確實是需要多與艾倫菲斯特的學生們交流呢。」

目前只有一、二、三年級生，曾與羅潔梅茵大人在兒童室裡一起度過整個冬季，但是她與高年級生們相處的時間，就算把出發前與回到城堡後的碰面時間加起來，也不過十天左右吧。

「布倫希爾德，但我想應該先讓羅潔梅茵大人與近侍們熟稔一些吧？因為對羅潔梅茵大人來說，我們幾乎都是新面孔，在熟稔起來前，她恐怕很難在房裡安心歇息。」

莉瑟蕾塔說完，我深有同感地點了點頭。我身邊的侍從若是換了人，我們好一陣子也會先互相觀察對方，有時也會因為默契還不夠，導致心情有些浮躁，即便待在自己的房間裡也無法放鬆歇息。這種時候，雖能待在祕密房間裡讓心情平靜下來，但一直躲在裡頭，永遠也無法適應。

羅潔梅茵大人招納的近侍人數又這麼多，多半會比我更無法靜下心來吧。我回想了下羅潔梅茵大人的近侍。在來貴族院之前便在服侍她的，只有黎希達、柯尼留斯與安潔莉卡三個人。

「莉瑟蕾塔因為是安潔莉卡的妹妹，五官與她十分相似。相信比起我，羅潔梅茵大人會更快適應妳的存在。那麼會碰到羅潔梅茵大人身體的工作，我想暫時就先交由黎希達與莉瑟蕾塔負責，我則優先準備飾品與整理收納，這樣可以嗎？」

「我明白了。羅潔梅茵大人也說過，要把社交方面的事情交給布倫希爾德，那請妳優先處理那邊的工作吧。畢竟我是中級貴族，布倫希爾德是上級貴族，應該更適合在社交活動上好好發揮本領。」

我與莉瑟蕾塔分配好一個人負責對內，一個人負責對外的工作後，黎希達用力拍了拍手。

「很高興看到妳們處得很好，還能順利決定自己要負責的工作，不過還是先聽我說明吧。妳們兩人下課以後，還請先換上侍從的制服，然後也要幫羅潔梅茵大人換上起居服。之後直到用晚餐，都是妳們的自由時間。」

雖說是自由時間，但下課後直到用晚餐，其實時間也所剩無幾吧。

「用完餐後要做沐浴準備，然後有的人協助大小姐沐浴，有的人負責整理床舖。對了對了，大小姐都會依當天的心情決定要用哪種按摩油，所以請務必在沐浴前向她問清楚。離開浴室後，一個人負責按摩，一個人負責整理浴室以及準備茶水。等羅潔梅茵大人沐浴結束，見習侍從也就可以退下。」

黎希達說羅潔梅茵大人沐浴完後，預計會喝茶、看書，或是預習隔天的上課內容，之後便上床就寢。

「妳們應該都已經過了見習期間，所以關於妳們要怎麼運用自由時間、幾點就寢，我不會硬性規定，但記得一定要在不會影響到隔天工作的時間上床睡覺。」

「是，我們知道。」

「……雖然黎希達基於羅潔梅茵大人在城堡的生活情形，之前還向我們說明了一整天的工作流程……」

我拿著杯子看向莉瑟蕾塔，只見她拿著羅潔梅茵大人分送的餅乾，發出了輕笑聲。

「實際情況卻與她預想的完全不同吧？不知道在城堡是否又是不同的情況？」

「畢竟不需要為了圖書館那般拚命，想必會完全不一樣吧。」

由於成立了成績向上委員會，再加上韋菲利特大人說的那番話，羅潔梅茵大人燃起熊熊鬥志，有陣子竟為了製作問題集比侍從還要早起床。後來，我們還來不及熟讀斐迪南大人提供的注意事項，她又與音樂老師們約好了要舉辦茶會，再次教人措手不及。每天我們都只能跟在羅潔梅茵大人身後團團轉，身為侍從的實力好像也因此提升不少。

「羅潔梅茵大人應該快要修完課了吧？她的專注力實在令人吃驚。」

「是呀。屆時需要有近侍陪同她前往圖書館，感覺我們也被催促著，得盡快修完課才行呢。」

此刻，羅潔梅茵大人正與菲里妮坐在圓桌旁認真撰寫參考書，我與莉瑟蕾塔則在近侍室裡，享受片刻的休息時光。兩人一邊喝茶，一邊不由得輕笑出聲。

在貴族院的生活才剛剛開始而已。

小書痴的下剋上
廣播劇配音觀摩報告漫畫

作畫：鈴華

敬告各位讀者

※本漫畫包含了原著小說《小書痴的下剋上》到第三部為止的內容。
尚未看到第三部的讀者還請小心劇透。

二〇一七年五月某日——
這天非常榮幸，能到《小書痴的下剋上》廣播劇的配音現場參觀！
小書痴的下剋上廣播劇
配音觀摩報告漫畫
作畫：鈴華
香月老師
鈴華
呀呵～
聲優陣容在此，真的是非常豪華！
羅潔梅茵、麗乃：澤城美雪
斐迪南：櫻井孝宏
齊爾維斯特：鳥海浩輔
韋菲利特：藤原夏海
夏綠蒂：小原好美
芙蘿洛翠亞：長谷川暖
班諾：武內駿輔
路茲：堀江　瞬
法藍：伊達忠智
達穆爾：田丸篤志
安潔莉卡：淺野真澄
黎希達：中根久美子
卡斯泰德：濱田賢二
蘭普雷特：鳴海和希
柯尼留斯：依田菜津
喬琪娜：中原麻衣
賓德瓦德：林　大地
波尼法狄斯：石塚運昇
敬稱省略，還請見諒
總計18位聲優，一鼓作氣錄完時長約60分鐘的廣播劇。
好多人喔！
錄音室分成了聲優們進行錄製的錄音間，以及工作人員所在的控制室。
控制室
螢幕
不同的房間
我們是在控制室這邊，看著螢幕參觀配音過程。
錄音間
攝影機
休息期間，朝著鏡頭揮手的鳥海先生，與大比手勢的澤城小姐都可愛得令人不自覺微笑。
NG
探頭
○○還沒回來。
迅速
OK
沒問題！

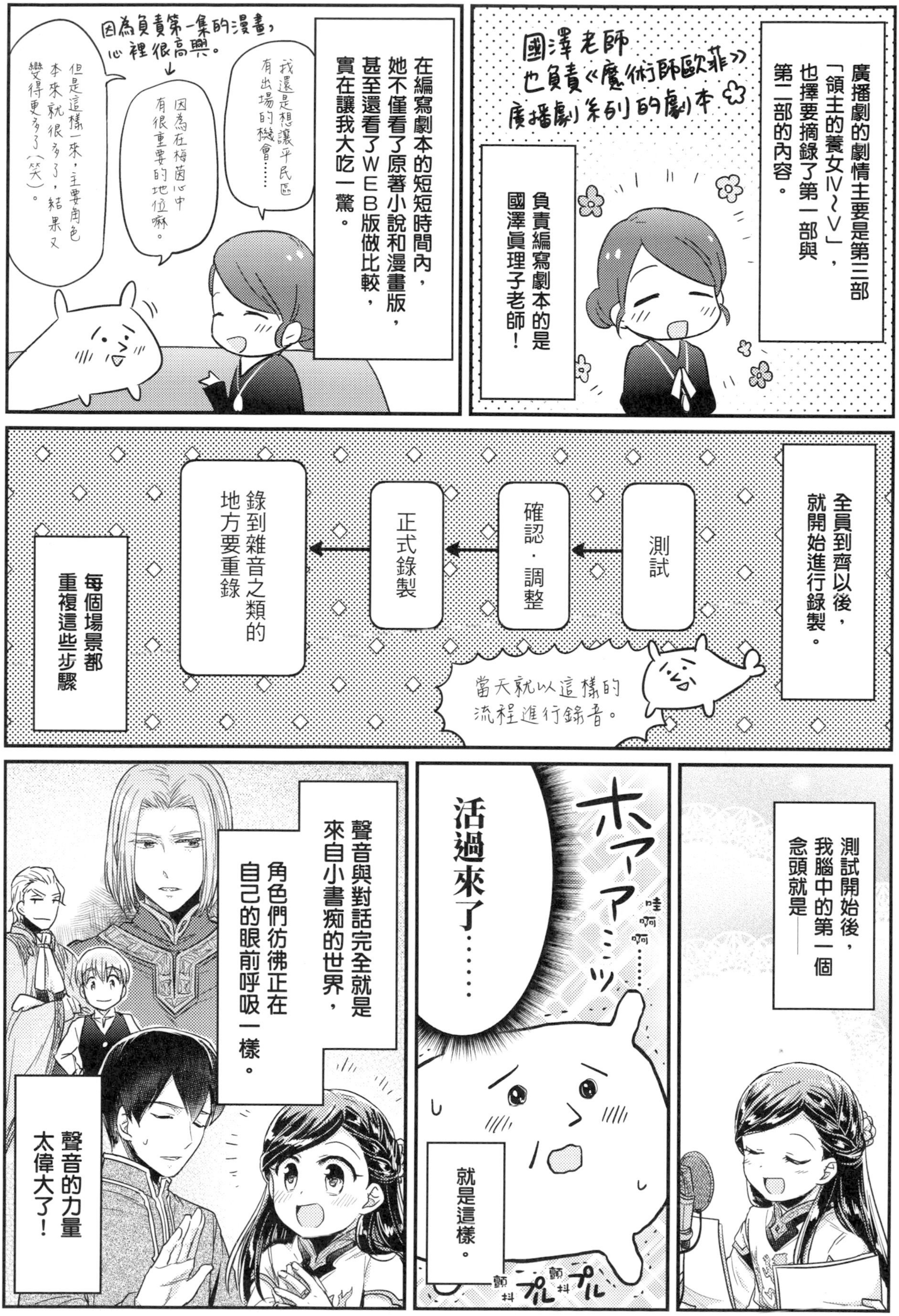

廣播劇的劇情主要是第三部「領主的養女Ⅳ～Ⅴ」，也擇要摘錄了第一部與第二部的內容。
國澤老師也負責《魔術師歐菲》廣播劇系列的劇本
負責編寫劇本的是國澤眞理子老師！
在編寫劇本的短短時間內，她不僅看了原著小說和漫畫版，甚至還看了WEB版做比較，實在讓我大吃一驚。
我還是想讓平民區有出場的機會……
因為在梅茵心中有很重要的地位嘛。
因為負責第一集的漫畫，心裡很高興。
但是這樣一來，主要角色本來就很多了，結果又變得更多了（笑）。
全員到齊以後，就開始進行錄製。
測試
確認・調整
正式錄製
錄到雜音之類的地方要重錄
每個場景都重複這些步驟
當天就以這樣的流程進行錄音。
測試開始後，我腦中的第一個念頭就是——
ホアーアミッ
哇啊啊……
活過來了……
就是這樣。
プルプル
顫抖顫抖
聲音與對話完全就是來自小書痴的世界，
角色們彷彿正在自己的眼前呼吸一樣。
聲音的力量太偉大了！

測試結束後，接著要確認演繹方式與臺詞等，加以進行調整。
這時候，也會設定「角色聲音」給人的感覺。
わい
你一言
工作人員
工作人員
這裡的這句話怎麼樣？
這裡應該要再恭謹一點。
香月老師，這邊沒問題嗎？
わい
我一語
然後聲優便能照著我們的要求，立即更改演繹方式，真是太厲害了！
不愧是聲優。
敬請期待澤城小姐演繹的各種梅茵。
另外，關於唸法與確切的語調，也會在這時進行確認。
埃維里貝
斯汀路克
蓋朵莉希
芙琉朵蕾妮
琪娜
舒翠莉婭
芙蘿洛翠亞
小書痴特有的人物名字與神祇名，果不其然全是困難的關卡……
芙蘿洛翠亞、波尼法狄斯、斐迪南、還有韋菲利特與羅潔梅茵
有些角色的臺詞還很長。
貫迪南大人！
……我唸成「貫」了。
沮喪
不光是達道夫子爵夫人的兒子，羅潔梅茵也與前任神殿長的死因脫不了關係吧？
咦？
賓德瓦德？賓德瓦得？
這句臺詞
……哪個才對呢？
香月老師——?!!
妳不是原作者嗎?!
因為打字的時候，只要打「賓」就會自動選字……
結果是賓德瓦德。

期間還會發生這樣的趣事。
呃……
波尼
法
狄斯先生的那句臺詞……
音響監督
（難唸的話）
叫我波尼就好了。
石塚先生
波尼!!?
ボニちゃん爆誕
小名波尼誕生
後來工作人員也都「波尼、波尼」地叫，我卻忍不住越來越想笑。
關於這裡波尼的臺詞……
工作人員
工作人員
波尼……
此外，廣播劇與動畫的配音不一樣，因爲沒有畫面，
例如戰鬥場面，要當場補充說明情況。
梅茵坐在奇特的騎獸裡面。
小熊貓巴士
其他人則騎在像是飛馬的動物！
爲了讓聽者方便理解，有時也會修改臺詞。
斯汀略克
跟神官長一模一樣的劍……
「跟神官長一模一樣」的劍?!
就像這樣……?!
ブン
揮
ブン
揮
咦？
是我的劍嗎？
不對喔，主人。
聽說是「聲音」與神官長一模一樣的劍（笑）。
音響監督
淺野小姐
擺出動作的澤城小姐

•REC
調整結束以後，終於要正式開始錄製！
撲通撲通
唔～
這兩個人不論是溫馨還是嚴肅的場景都配合得很好
聽聲音就覺得斐迪南大人正皺起眉頭！手指正在敲太陽穴!!
帥氣的齊爾大人很有領主的氣勢！
韋菲利特熱情演出！
嗚嘎嘎嘎嘎嘎
這次的幕後主角
嘎嘎
緊張刺激的場面非常熱血!!!
冷汗直流
感、感覺就好討厭——!!
←偶爾也會變成平常的樣子
兩位母親的對話十分動人。
夏綠蒂真是天使！
因為是嚴肅的場景，達穆爾也很帥氣
不過感覺起來確實比安潔莉卡弱(笑)
溫柔的法藍
然後平民區……
爽朗的路茲
笨蛋!!
梅茵！
咦？！
感覺就很強
雖然還有很多想要分享，但沒能寫下來的部分，請去翻開本傳一探究竟吧！

最後要錄製「嘈雜聲」。
這一幕我來說預備吧。
預備——
嘈雜
例如一大群人在說話的場景，聽起來鬧哄哄的聲音。
下一秒
ざわっ
譁然
聲優們光靠聲音，一瞬間就讓整個空間充滿了緊張氛圍。
畫面也彷彿出現在眼前一樣。
長達好幾個小時的錄製終於順利結束了。
好厲害。
好厲害。
專業的好厲害。
語彙能力不由自主下降的作者群
生平第一次親眼看到聲優們是如何工作，我與香月老師一整天都沉浸在感動之中。
多虧這次製作廣播劇的所有工作人員，
最終完成的作品非常出色。
傾注了所有人熱情的「小書痴的下剋上廣播劇」，
將從九月九日開始，在TO BOOKS官網上限定販售。
敬請期待！

完

※此篇漫畫原刊登於2017年9月9日發行的「廣播劇」官網，收錄時曾加以增刪修改。文中內容與日期皆以當時為主。

《小書痴的下剋上》廣播劇配音觀摩報告

香月美夜

二〇一七年五月某日，十點左右。

我在外子的帶領下抵達了會合地點。這一路真是歷盡艱辛。不僅距離遠、人潮多、車站大，地下鐵的路線也多到數不清，招牌更多得讓人根本找不到目的地，就連出口也很多。如果我是自己一個人前來，百分之百會迷路，還可以為這段經歷寫篇名為「想去參觀配音的作者大冒險」的隨筆。

最終我們順利地與責任編輯還有鈴華老師會合，然後往錄音室移動。這時，鈴華老師按著肚子往我看來。

「我從昨天開始就緊張得要命，但看到香月老師還是和平常一樣，我的心情就稍微平靜了下來。」

「那真是太好了呢。」

「香月老師會緊張嗎？」

「不，我還好……」

「咦咦咦～?!真不敢相信妳竟然不緊張！為什麼?!」

鈴華老師放聲大叫，外子也用力點頭。

「妳也這麼覺得對吧？她明明是作者，居然一點也不緊張！我還因為是第一次去參觀配音，心跳快到好像要爆炸了……」

鈴華老師與外子平日就很喜歡聲優、動畫和遊戲，似乎很合得來。

「因為我平常又不看電視，也跟鈴華老師和外子不一樣，對於聲優並沒有什麼特別的想法……」

我對聲優這項職業非常感興趣，也很期待要去參觀配音過程。但是，我完全沒有那種「可以見到崇拜的對象了！怎麼辦?!」的緊張與期待感。內心懷有的緊張，反倒比較像是因為要與素昧平生的工作對象見面，也和興奮比較類似。

當然我也不是完全不緊張，只不過廣播劇是透過人聲與音樂來完成作品，寫作是透過文字，所以對我來說是不同領域的工作。比起未曾謀面的聲優們，當初第一次要與編輯見面時更讓我感到緊張。

責任編輯負責帶路，我與鈴華老師順利抵達了錄音室。一開始先為我們介紹了廁所的位置，然後是錄音間、控制室。

錄音間就是聲優們工作的地方。其中一面牆前方擺了四支麥克風，對面的牆上設有攝影機，讓控制室的人可以看到錄音間裡的情況。擺有麥克風的那面牆邊還有張小桌子，準備了一些點心零食。除此之外的三面牆邊，擺了總計十八張的椅子。聲優們要是全部坐進來，感覺會很擁擠吧。但我因為沒參觀過其他錄音室，所以也無從比較。

控制室裡有各種器材設備，是負責下達指示的音響監督與工作人員們工作的地方。控制室裡有個大螢幕，可以看見錄音間裡的情況……說是這麼說，但因為攝影機只有一臺，鏡頭又對焦在正中間的兩支麥克風上，所以左右兩側的麥克風顯得有些模糊，沒辦法看得很清楚。

控制室裡有張三人座的沙發，還有一張圓桌與四張椅子。桌上已經備有飲料和點心。我們就是要在這裡參觀配音過程。

首先，要向製作人與音響監督等一行工作人員打招呼。製作人還是《小書痴的下剋上》的書迷，從第一集開始就購買支持。也多虧了負責選角的音響監督盡心盡力，才能集結到這般完美的陣容，每位聲優都很適合其對應的角色。真是太感謝了！

大人們互道寒暄時必不可少的，就是交換名片。我卻在此時驚覺不妙！

我身上沒有名片。更何況我根本沒印名片，所以也不是忘記帶來。在此之前，我少說已有三次閃過這樣的念頭：「往後可能有需要，還是印張名片比較好吧？」儘管我一直在想「好像真的該去印了」，但因為平常都只是待在家裡寫寫字，實在感覺不到有印名片的必要……就連在我寫著配音觀摩報告的現在，我也還沒去印。以後肯定會再後悔一次吧。

「對不起，我沒有名片……」

「對不起，我名片剛好發完了……」

鈴華老師也是沒有名片的同伴。

「太好了……也有人跟我一樣沒名片。」

「請別為這種事情高興！」

「啊，我這裡有以前鈴華老師給我的名片喔。喏，請看。」

「香月老師，請等一下。那名片是給妳的，不是讓妳發給別人的。」

「這我當然知道。我只是想炫耀自己有鈴華老師的名片。」

聽完我與鈴華老師的對話，製作人感慨甚深地表示：「香月老師簡直是梅茵本人呢。不管是氣質還是說話方式……」責任編輯則反駁說：「不不，香月老師比較像斐迪南喔。」鈴華老師還在旁邊深表贊同般地點頭，我卻是一頭霧水。

就在這時候，編劇國澤老師也到了。

「嗚哇~有活生生的梅茵……您就是香月老師吧？我一眼就認出來了。」

這到底是什麼意思呢？目前為止我就算走在外頭，也從來沒被人說過我像梅茵，竟然有這麼多初次見面的人都說我像……

隨著接近集合時間，聲優們也陸續到來。大家都會先來控制室露面，打聲招呼說：「早安，今天請多指教。」但是，我一時之間根本不曉得哪位是哪個角色。

「剛才那位介紹自己是武內，所以是班諾先生吧？呃……然後淺野小姐是安潔莉卡？」

「沒錯。」

鈴華老師對聲優十分了解。雖然我也在事前查過資料，了解每位聲優擁有怎樣的聲音，卻無法把長相與名字連結起來。每當對方報上姓名，我也能在看過筆記本後曉得「原來是這個角色」，然而當好幾個人接連現身寒暄，我根本沒有時間再去對照筆記本，結果直到最後有好幾位聲優，我都記不太得他們的長相。看來以後在查詢聲優資訊的時候，不只聲音，最好也該記一下他們的長相呢。我又學到了一課。

全員到齊後，我們便往錄音間移動。工作人員向眾聲優們介紹我是作者、鈴華老師是漫畫家，我們再開口寒暄致意。

「其實這是我的作品第一次要錄製成廣播劇，所以我什麼都不太懂。一切就交給專業的各位，今天還請多多指教。」

簡單地打完招呼，接著進行討論。有幾位聲優針對角色性格向我提出問題，像是「這種時候他／她是什麼心情？」。而在我回答的時候，製作人與責任編輯則是拿著小書痴的資料夾，發給每位聲優。聲優們紛紛詢問：「我的角色是哪一個？」兩人便會為他們說明。大家的評價都還不錯。另外，大家也很驚訝資料夾竟然多達二十種（笑）。

澤城美雪小姐向我詢問羅潔梅茵的心情與個性時，整個人散發出來的氛圍就是梅茵。她對配音的熱情與衝勁，跟一心想要做書的梅茵很像。總之是位眼神強烈、外貌出眾，教人印象深刻的人。

當我還在說明的時候，澤城小姐也拿到了有第一集封面圖案的資料夾。

「嗯……我還真可愛。」澤城小姐看著資料夾上的梅茵這麼低喃，感覺已經化身為梅茵了。我瞬間心想「啊，一定沒問題」，感到無比安心。

當初在討論到希望由哪位聲優扮演羅潔梅茵時，我便心想不只是旁白、獨白，還有平民時期的梅茵、成為領主養女後的羅潔梅茵、麗乃；甚至是雖然八字還沒一撇，但假設往後還有廣播劇第二輯的話，還包括長大後的羅潔梅茵、被女神附身的羅潔梅茵、梅斯緹歐若拉……希望請到的聲優可以勝任以上所有角色。就在我這麼思考時，腦海中只浮現出了澤城小姐。願望可以成真真是太好了。祈禱獻予諸神！

為免影響到錄製時間，我們大概說明以後便適時告一段落，回到控制室。我、鈴華老師與國澤老師坐在沙發，製作人、責任編輯與外子則坐在圓桌旁邊。接著，我聽到了以下說明：

「如果是之前就已經錄製過多次的廣播劇或動畫，有時為了配合聲優的行程，只能安排每個人在不同的日期與時間進行錄音。但是，這次因為是第一次錄製廣播劇，希望能透過各角色間產生的火花，來掌握整部作品的氛圍，所以儘管有些聲優比較後面才會登場，還是請他們從一開始就出席。然後會在預訂時間內完成錄製。」

坐在錄音設備前面的音控工作人員有兩人。一位是音響監督，他必須在考慮到錄製方式與順序的同時，向聲優們下達演技方面的指示；另一位是錄音師，除了要盯著螢幕調整錄音音量，也負責檢查有無錄到雜音以及臺詞有無奇怪之處。

「首先請大家簡單唸過劇本，我們來稍做測試，設定角色的聲線。」

聽說若對角色的聲音有什麼要求，或者希望聲優以怎樣的聲線來表演，都會在這個時候提出。聲優們會以這時候決定的聲線來演繹角色。我在不明白什麼是設定角色聲線的情況下，測試便開始了。

飾演法藍的伊達忠智先生、飾演羅潔梅茵的澤城美雪小姐、飾演班諾的武內駿輔先生、飾演路茲的堀江瞬先生，這四位站到了麥克風前。

由於聲優們是面向麥克風，所以畫面上只能看見四位的背影。再加上鏡頭只對焦在中間的兩支麥克風上，左右兩側的影像有些模糊。我看得出來是澤城小姐在使用距離攝影機最近的那支麥克風，但其他人我就認不出來誰是誰了。哎呀，反正就算認不得臉，認得聲音就好了嘛。

對於澤城小姐的羅潔梅茵與堀江先生的路茲，我早就可以料到會如同自己的想像。不過，事前做功課的時候，剛好伊達先生以前扮演的角色我都沒聽過，所以並不清楚他擁有怎樣的聲音。

「……哇噢，法藍真的就是法藍耶。好厲害。」

結果伊達先生發出的，完全就是法藍在我腦海中說話時的聲音，我情不自禁脫口讚嘆。怎麼說呢，就是無可挑剔。簡直找不出半分缺點。

責任編輯「班諾好帥喔。」

鈴華老師「嗚哇～好想要班諾先生對我怒吼喔。」

坐在一旁的鈴華老師，本來就是「想要班諾先生對自己生氣」的小隊隊員，此刻更是搗著嘴巴，一邊全身打著哆嗦，一邊說「好想被罵」。不過，武內先生飾演班諾先生時的聲音真的很驚人喔。「想要班諾先生對自己生氣」的隊員肯定會急速增加！不過，如果想聽班諾先生對自己怒吼的話，其實反覆聽廣播劇就好了。可以讓他一再地對自己怒吼：「妳這笨蛋！」（笑）

班諾的聲音也如同我的想像，完全不需要修改。聲音也不會太低沉，根本重現了我腦海中想像的聲音。

責任編輯「不愧是澤城小姐，徹底變成了梅茵呢。」

我「完全就是主角該有的聲音呢。跟班諾先生的對話也很生動。」

澤城小姐飾演的羅潔梅茵一如預期，那可愛的聲音令我非常滿足。

鈴華老師「路茲也很棒呢。好帥喔。」

我「對吧？路茲的聲音也跟我想像的一樣。」

包括堀江先生的路茲在內，這四位聲優所揣摩的聲音完全不需要再做修改。

測試就這麼繼續，而櫻井孝宏先生的斐迪南，聽起來就是「啊，是斐迪南耶」。至於鳥海浩輔先生的齊爾維斯特，簡直是讓人吃驚的齊爾維斯特本人，所以也是完全不用修改。聲優們為了更貼近角色所揣摩出的聲音，遠遠超出了我事前做功課時的想像，真的教人讚嘆不已，也令人肅然起敬。

測試一直持續到了音響監督指定的地方，請聲優們唸過一遍臺詞。接著我們在控制室裡開起討論會，互相確認有沒有哪裡覺得不太對，或是需要修改的地方。

責任編輯「香月老師，您覺得聲優們的配音如何呢？」

我「完全沒有問題。聲優們真是太厲害了。請就這樣繼續進行吧。」

責任編輯「一開始的聲線設定是最重要的。只要這個步驟順利，錄音進行得越久，聲優們也會更是融入角色，之後只會表現得越來越好喔。」

先前《魔術士歐菲》推出廣播劇時，責任編輯也參與了配音過程，十分高興地向我表示：「感覺廣播劇的成品會很棒呢。」

國澤老師「香月老師，法藍最後那句臺詞沒問題嗎？您對於法藍的生氣方式有自己特別的堅持吧？」

我「啊，最後那句臺詞確實讓我有點在意呢。法藍生氣的時候不會怒吼，是語氣會慢慢地帶有壓迫感……我希望可以把最後的『！』去掉，變成冷冰冰的法藍。」

其實劇本初稿裡，法藍生氣時的臺詞是寫得比較激動的，因此我拜託國澤老師進行改正，改成「冷冰冰的法藍」。

我們這裡討論出結果後，便由音響監督向錄音間的伊達先生傳達要求。不過，音響監督只傳達了我前半部的要求，可能是因為他覺得伊達先生會聽不懂「冷冰冰的法藍」是什麼意思吧（笑）。

儘管如此，伊達先生依然表現出了帶有壓迫感的法藍。聲優真是太厲害了！

大概掌握到了角色形象與節奏以後，再傳達需要改正的地方，接著正式開始錄製。順帶說明，除了一開始先簡單唸幾頁、揣摩角色以外，過程中沒有絲毫練習。聲優們得依著指定的頁數，不斷進行錄製。

一個場景的錄製結束以後，我們再次展開討論。在我們討論著有哪些地方想再修改一下的時候，錄音師則負責檢查過程中有無錄到雜音，告訴音響監督有哪裡需要重新錄製。這位錄音師也非常了不起喔。因為不光是雜音，就算臺詞有哪裡怪怪的，一般人也根本聽不出來啊。

最終，音響監督確定了所有該修改、該重錄的地方以後，再一邊向聲優下達指示，一邊一小段、一小段地重新錄製。

「第○頁第二行羅潔梅茵的聲音請再錄一次。剛才變成雜音了。」

「第╳頁班諾的臺詞，聲音在中途聽起來有些奇怪。臺詞跟其他人有重疊，可以麻煩整段再錄一次嗎？」

「第△頁斐迪南的臺詞需要修改。」

類似這樣，音響監督逐一下達指示後，聲優們就要瞬間切換到剛才配音時的情緒，只演繹從中取出的一小段臺詞。他們要突然大哭，突然怒吼，彷彿正在跟人對話那般，非常自然地讓短短一段文字就飽含豐富的情感。

我「聲優真的好厲害喔。」

鈴華老師「香月老師，妳從剛才開始就只會說『好厲害』呢。」

我「因為真的很厲害嘛。」

經過訓練以後，習得這種技術的人就叫作聲優，但這真的是非常了不起的技術喔！簡直神乎其技！待在現場的我只能不斷發出感嘆。

啊，還有澤城小姐的「萬歲！」非常可愛。

另外，我也非常喜歡櫻井先生配的「妳真是……」。小說的第三部最後並沒有出現「非常好」這句臺詞，當初要是有想辦法塞進某個地方就好了——這句話雖然我沒有說出口，但其實心裡超級後悔。因為根本沒有多餘的空間再加入新場景嘛。嗚唔唔……

一小段、一小段的重錄結束之後，接著錄製下個場景。由於小書痴的廣播劇劇本每當切換場景，都會出現一些新角色，所以必須先確認新角色的聲線。這次要確認的，是扮演韋菲利特的藤原小姐與扮演喬琪娜的中原小姐。

事前查資料的時候，我就覺得扮演韋菲利特的藤原夏海小姐不會有問題吧，實際上也非常完美。與喬琪娜交談時那種天真又傻裡傻氣的感覺，實在太像韋菲利特了。

這次的選角中最讓人感到意外的，就是飾演喬琪娜的中原麻衣小姐了。大家在控制室裡也都睜大雙眼，很好奇她會以怎樣的聲音來演繹。

結果，中原小姐扮演的喬琪娜一開口說話，大家就不由自主地拍手鼓掌並讚嘆：「噢噢噢。」

鈴華老師「嗚哇～太棒了。好有幕後主使者的感覺。」

我「柔美的嗓音中卻帶有高雅的嘲諷，太優秀了。」

國澤老師「說話方式是很完美，但聲音是不是有些年輕呢？」

整合了大家的意見後，音響監督便下達指示：「聲音的年紀請再調高一些。」這是我第一次在現場目睹「向聲優下達指示，設定角色聲線」的作業，但專業聲優的表現真是讓我大開眼界。只是這麼一個指示，中原小姐就變身成了完美的喬琪娜。

我沒想到僅靠著那麼模稜兩可的指示，聲優就能輕易改變聲音，當下真的感動得渾身直起雞皮疙瘩。

中原小姐的喬琪娜太精采了。敬請期待。

接著測試聲音的，是扮演前任神殿長的伊達忠智先生、扮演賓德瓦德的林大地先生、扮演卡斯泰德的濱田賢二先生。

伊達先生竟然同時扮演法藍與前任神殿長兩個角色！「咦？等、等一下，這真的沒問題嗎?!」會有這種想法的應該不只我一個人吧。

然後，伊達先生的前任神殿長與林先生的賓德瓦德開始說話了。雖然已經請伊達先生演繹出年長者的聲音，但對照下還是神殿長年輕得多。控制室裡的大家意見一致，因此音響監督便下達指示：「前任神殿長的聲音年紀請再調高一些。」

「噢噢噢噢?!聲音變老了！是前任神殿長。」

法藍變成了前任神殿長喔，很神奇吧？雖然我已經講過很多次了，但聲優真的好厲害。

林先生的賓德瓦德聽起來就是貪官汙吏代表，非常出色。完全符合椎名老師畫的那張插圖。感覺就是會和前任神殿長一起為非作歹，太完美了。

鈴華老師「卡斯泰德太帥了！」

從鈴華老師的興奮吶喊就可以知道，濱田先生的卡斯泰德只靠聲音，就迷人到了讓人想握拳大喊：「父親大人，太帥了！」那聲音確實就是常在發號施令的騎士團長。由濱田先生的聲音來演繹後，卡斯泰德的男子氣概又增加了三成吧。我絕對沒騙人。

緊接著，又確認了扮演芙蘿洛翠亞的長谷川暖小姐，與扮演艾薇拉的淺野真澄小姐。事實上，先前已經公布將由淺野小姐扮演安潔莉卡，但其實她同時也扮演艾薇拉。因為兩個角色的年紀差距有點大，我為此嚇了一跳。

測試過後，發現長谷川小姐的聲音並不像是芙蘿洛翠亞。雖然充滿人情味，感覺是位十分溫柔的母親，卻不是領主第一夫人該有的聲音。比起芙蘿洛翠亞，更像是伊娃。

而淺野小姐所揣摩的艾薇拉，也是講話速度略快，感覺是位精明幹練的母親。但卻不像是貴族女性，比較像是職業婦女。雖然「精明幹練的女性」確實是照著我們這邊的要求，卻不是艾薇拉母親大人會有的說話方式。兩人在測試時，對話聽起來不像是貴族女性在舉辦茶會，更像是平民區的媽媽們在聊天。

我「芙蘿洛翠亞的聲音好像要再年輕一點，更有貴族的優雅感覺……」

國澤老師「是啊。希望可以更柔和，再穩重端莊一點呢。」

我「至於艾薇拉，聲音的年紀確實差不多是這樣，但講話速度有些太快了。」

國澤老師「我懂。得提醒她們說話再慢一點，想像自己是貴族……」

整理好了大家的意見後，音響監督再去傳達指示。然後下一秒鐘，她們就成功辦到了。化身成了完美無缺的芙蘿洛翠亞與艾薇拉。專業聲優的表現真的讓人忍不住拍手叫好呢。

設定好聲線後，正式開始錄製。一直到音響監督指定的地方一鼓作氣錄完，結束之後展開討論。

國澤老師「我覺得薇羅妮卡的口吻似乎該再壓抑一點，會更有貴族的感覺呢……」

我「嗯……不，因為她本來還以為終於找到了救星，結果對方根本沒有要救她。薇羅妮卡作夢也沒想到親生孩子會完全不理睬自己，所以我覺得聲音現在這樣就好了。」

飾演薇羅妮卡的是中根久美子小姐。她也負責扮演黎希達，演繹起上了年紀的女性簡直得心應手。

重錄完需要修改的地方以後，接著又是有新貴族角色出現的場景。分別是扮演夏綠蒂的小原好美小姐、扮演黎希達的中根久美子小姐、扮演達穆爾的田丸篤志先生、扮演安潔莉卡的淺野真澄小姐、扮演蘭普雷特的鳴海和希先生。

測試後，小原小姐的夏綠蒂雖然可愛，但在與羅潔梅茵對話時，聽起來卻讓人覺得夏綠蒂的年紀比較大。控制室裡的大家一致認為「要再年幼一點」。

聽了音響監督「再年幼一點」的指示，小原小姐十分困惑：「咦？要再更年幼嗎？」但她還是以稚嫩的嗓音又唸了遍臺詞。這次一口氣年幼了許多，但可惜的是又太過年幼了。

國澤老師「聲調保持原樣就好，但就是說話方式要稍微……」

我「沒錯、沒錯，只要去掉那種口齒不清的講話方式就完美了。」

於是小原小姐照著音響監督的指示，再唸了一遍臺詞。瞬間，我與鈴華老師的感想都是：「夏綠蒂真是太可愛了！」這個結果也有向小原小姐回報。

而中根小姐的黎希達，就是出神入化的老婦人，完全沒有問題。簡直黎希達本人。我還忍不住心想，要是這次的廣播劇裡有她怒吼「斐迪南小少爺！」的場景就好了，只不過這是祕密。演繹時居然能把薇羅妮卡與黎希達徹底區分開來，真是太厲害了。

淺野小姐的安潔莉卡聽來就很強，所以沒問題。從她聲音裡的些微慌亂，就能感覺得出當下她正按住了不斷掙扎的韋菲利特，實在教人佩服。請就這樣牢牢地壓制住吧（笑）。

鈴華老師「哇啊……田丸先生完全就是達穆爾本人呢。」

我「嗯，就跟我想像的一樣。」

這次因為達穆爾有不少戰鬥場面，很多臺詞都簡潔俐落。田丸先生所扮演的達穆爾，明明是達穆爾卻給人很帥的感覺，讓我不由得心想要是能請田丸先生以他的聲音，多演繹些沒出息的達穆爾就好了。

鳴海先生的蘭普雷特也和我想像的一模一樣，沒有任何不協調。傳入耳裡的時候，就覺得這是蘭普雷特的聲音。完全符合我當初形容為爽朗運動帥哥的期望。

至於學伴、女性貴族、男性貴族等沒有名字的群演，以及幾乎沒有臺詞的平民區家人，都是由在場聲優一人分飾兩角或三角。當天我根本沒有時間抬頭看螢幕，所以並不曉得是哪幾位聲優扮演了這些角色，事後看到出演名單時，真是嚇了一跳。大家真的每換一個角色，聲音就不一樣呢。

例如學伴角色是由依田菜津小姐同時飾演。她主要是扮演柯尼留斯。由於在小說第三部這時候，這名學伴還沒有標示名字，所以我也不會在這裡寫出來，但看過網路版的讀者們，也許腦海中已經有名字了呢。臺詞好像還比柯尼留斯這個角色要多，總之聽聲音是十分可愛的少年。

女性貴族一是藤原夏海小姐。我當下十分驚訝，她還同時扮演韋菲利特嗎?!明明出現在同一個場景裡，能夠完美切換真是太厲害了。

男性貴族一是伊達忠智先生。再加上法藍、前任神殿長，他一個人就分飾三角！每個角色的年紀都有不少差距，他卻能隨心所欲地配合角色去改變聲線，變換起聲音非常靈活。

女性貴族二又是依田菜津小姐。另外還有柯尼留斯與學伴，同樣是一人分飾三角！難道這是聲優都該具有的技能嗎？對於聲優這項工作需要的技巧水準之高，我不禁感到暈眩。

男性貴族二是田丸篤志先生，他主要是扮演達穆爾。單用聽的，一點也不會覺得與達穆爾是同一個人，會覺得年紀比較大。

而貴族們在這個場景中的對話，國澤老師下達了這樣的要求：「因為是廣播劇，請讓第一次聽的人能馬上聽出各位是反派角色。」於是幾位聲優獻上了有濃濃反派角色感覺的表演。倘若沒有敘述文字，確實很難了解貴族們在對話時是處在怎樣的情境下，又以怎樣的心情在說話呢。

正式錄製完後的討論時間，我們也會稍微修改臺詞。例如改掉乍聽之下完全聽不懂在說什麼的句子，或是刪除掉感覺沒有必要的臺詞……

還有寫小說時，我總會被提醒要統一稱呼方式，不過澤城小姐表示，「韋菲利特哥哥大人」反覆出現太多次了，聽起來很不順耳，建議可以縮短為「哥哥大人」。這也是聲優才會注意到的事情吧，我暗暗佩服。

接著要在下一個場景測試聲音的，有扮演斯汀略克的櫻井孝宏先生，與扮演波尼法狄斯的石塚運昇先生。

櫻井先生「請問斯汀略克這個角色，該以怎樣的聲音來表現呢？」

音響監督「聽說就和斐迪南一樣。不管是聲調還是說話方式，全部一模一樣。」

櫻井先生「……咦？斯汀略克到底是何方神聖？」

音響監督「聽說是把魔劍。會以斐迪南的聲音說話，是安潔莉卡的武器……」

下個瞬間，錄音間內爆出了謎樣的笑聲。「劍會說話嗎?!」「所以是把魔劍嗎?!噗哈！」在這當中，扮演安潔莉卡的淺野小姐還得意洋洋地插嘴：「啊，是我的劍嗎?!所以我是主人囉！」笑聲又更是轟然響亮。

至於石塚先生，測試時才聽到他唸的第一個字，整個控制室便籠罩在爆笑聲中。「是波尼法狄斯！」全場一致認證。真的就是波尼法狄斯本人，讓人忍不住要拍手大笑，吶喊道：「太厲害了，祖父大人！」石塚先生完全就是扮演這角色的不二人選，我已經想不到還能由誰來扮演了。每次聽到他去拯救羅潔梅茵的那個段落，實在很難不笑出來。

不只音響監督，石塚先生似乎也覺得「波尼法狄斯」很拗口，喃喃唸著：「波尼法……叫波尼就好了吧。叫我波尼吧！」他朝我們豎起拇指，火速取好了綽號。波尼，真可愛。祖父大人突然變得好可愛。

我還在控制室這邊說：「讀者們在感想欄裡，還會暱稱為祖父大人和波尼爺爺喔。」只可惜聲優們聽不見這邊的聲音。

而扮演某個薇羅妮卡派貴族的，是林大地先生。他同時也扮演賓德瓦德伯爵。雖然兩者皆是反派角色，聽起來卻完全是不同一個人。化身成了一點也沒有蟾蜍感，感覺就很惹人厭的貴族。

扮演黑衣人的則是濱田賢二先生。單看角色名字的話算是群演之一，但其實這是之後會有名字的中級BOSS。現階段雖然還不會標示出名字，但這位就是攻擊羅潔梅茵的犯人。

但明明是黑衣人，嗓音未免太有氣勢、太迷人了。雖然當初是我希望「聲音要有中級BOSS的感覺」，但迷人程度超乎想像。

不僅如此，我們還要求濱田先生得發出有布罩著嘴巴時的聲音，但咬字還是要非常清晰，可以清楚聽到每一個字——有夠強人所難！但儘管我這麼心想，濱田先生卻只是「嗯、嗯」地聽著這些要求，說完「沒問題」以後便完美達成，真是太強了。

最後，要請澤城美雪小姐設定麗乃的聲音。麗乃在回憶的場景裡只有一句臺詞，但因為年紀與梅茵還有羅潔梅茵截然不同，況且在轉生前原本就是另外一個人，所以需要確認聲音。

澤城小姐「請問這個角色幾歲呢？」

音響監督「二十二歲，聽說是大學生。」

僅問完這個問題，澤城小姐就創造出了完美符合要求的聲音。是不是很了不起呢？麗乃的聲音與年幼的羅潔梅茵雖然完全不同，說話方式卻是一模一樣，可以聽出兩人之間的關聯喔。澤城小姐唸出臺詞的那一瞬間，我渾身起了雞皮疙瘩。

平民區的家人們也是一再令我感到驚奇。

飾演昆特的是伊達忠智先生。錄製時我因為根本沒空看螢幕，事後才去了解哪位聲優同時又扮演哪些角色時，還忍不住在心裡大喊：「咦咦——?!」

我只記得當時昆特的聲音太低沉，便提出了「聲音請再年輕一點」的要求，想不到扮演昆特的又是伊達先生……我大概就是這麼驚訝。伊達先生真的超級活躍。

飾演伊娃的是依田菜津小姐。依田小姐也一人分飾好幾個角色，感覺每個場景都能聽見她的聲影呢。不過，聲音出來後仍是另一個人。真不知究竟是她技巧高超，還是所有聲優都擁有這樣的特技……因為每位聲優都太厲害，我已經無法分辨了。

溫柔又充滿人情味的慈祥母親，居然和柯尼留斯是同一個人……嗯～太驚人了。

飾演多莉的則是中原麻衣小姐。她同時扮演喬琪娜與多莉喔！兩個角色的性格可說是有著天壤之別！不過，從中原小姐平常扮演的角色來看，她扮演起多莉應該比較容易想像吧。中原小姐的多莉實在非常可愛，完全聽不出來與喬琪娜是同一個人。敬請期待中原小姐的演繹，會讓人想吶喊「多莉果真是天使！」喔。

錄製期間，由於我一直專心在看劇本、聆聽聲優的聲音，很少去看螢幕，所以並不清楚聲優們在配音時是什麼樣子。但我明明還要寫配音觀摩報告，這樣下去可不行！我常常聽到一半想起這件事，趕緊把臉抬起來，但目光又不自覺地回到劇本上。

由於看螢幕的時間不多，總之把我注意到的幾件事情寫下來吧。

澤城小姐配音的時候會比手畫腳，不光用聲音，也會用肢體動作去展現演技。另外，我還記得有不少人在配音時，好像都會張開雙腳與肩膀同寬。由於麥克風的位置是固定的，有些個子高的聲優還得稍微彎腰。藤原小姐扮演韋菲利特時，背影還散發出了少年特有的意氣風發，沒來由地令我印象深刻。

還有，同一個場景裡有許多角色都要說話時，我想聲優們換起位置應該很辛苦吧。必須站在旁邊待命的時候，我還看見武內先生預先縮著身體好配合麥克風的高度，然後火速移動，那副模樣真是非常可愛。

當我們在控制室裡討論有哪些地方需要修改時，雖然不曉得錄音間裡的聲優們是如何度過，但我在想他們說不定也會互相對臺詞，或是一起討論某個場景裡頭，誰要使用哪支麥克風、到了哪個段落又要與誰交換位置。

對了，我甚至還想過，選角的時候是不是刻意選擇了與角色性格相近的聲優？因為鳥海先生給人的感覺活脫脫是齊爾維斯特。真不知他本人是否就是那樣，即使他沒開口說話，待在錄音間裡的時候，也讓人覺得是齊爾維斯特站在那裡。休息期間，他明明不是有問題要問，卻會像在說「耶～」似地對著鏡頭頻頻揮手；當新進聲優站在廁所前面遲疑著是否該換拖鞋時，他也是語氣輕快地在旁邊給予指點。整個人實在太像齊爾維斯特本人了，我還忍不住心想，真想請他用這個聲線和性格說句「可惡！祈禱獻予諸神！」呢（笑）。

澤城小姐則是活潑淘氣，很有梅茵的感覺。有一次當音響監督向聲優們確認：「休息時間結束，大家沒問題嗎？」澤城小姐便對著鏡頭比出沒問題的動作，臉上那得意洋洋的表情真是非常可愛。然而，下一秒卻猛然冒出某位聲優的聲音說：「請等一下！」於是她急忙大力揮手，一邊說「等一下、等一下，剛才的不算！」，一邊交叉手臂向我們比╳。看著澤城小姐，我不禁想起漫畫版的梅茵在拒絕公會長時也是舉起手臂比╳，兩人的動作在腦海中完美重疊，讓我不由得笑了出來。

而櫻井先生給人的感覺很正經八百呢。從頭到尾，好像只看到他默不作聲地在看劇本。可是等等？記得在討論斯汀略克的聲音時，他好像也和其他聲優一起放聲大笑，所以可能在我沒看螢幕的時候，他也會與大家嬉笑吵鬧吧。還是說，他是刻意在配合斐迪南的角色性格……？

此外，有很多聲優都抱頭表示：「角色與神祇的名字都是片假名，太長、太難唸了。」經過這次的錄製，這是我最深刻反省的一件事情。

芙蘿洛翠亞→芙蘿洛剌亞
舒翠莉婭→舒札莉婭
蓋朵莉希→蓋、蓋朵……咦？

就像這樣，大家都陷入了苦戰。

「真的很對不起！因為當初取名的時候我根本沒想到後來能出書，更是作夢也沒想到會推出廣播劇，有人會來唸這些名字！」

我真的在控制室裡一個勁地道歉，還心想日後在創作新作品時，也要考慮到名字唸起來是否順暢易讀。真的很對不起。儘管發音如此難唸，也感謝聲優們努力達成任務。

還有，雖然主要得歸功於音響監督選角時的眼光之精準，但如果每位聲優都能如此自在地變換聲音，我覺得事前再怎麼調查對方擁有怎樣的嗓音，好像也沒什麼意義呢。與其在意這種事情，畢竟是人與人要面對面一起工作，我想自己還是應該先認得工作對象的長相。

其實我本來想在送行時，順便告訴聲優們我的感想，像是「這個角色的這部分演繹得太精采了」，無奈我只能把一半的人的長相與角色連起來，所以沒能對所有人都好好地表達感謝，這點真的讓我感到非常遺憾。於是我決定把所有感想全寫下來，結果就變成了這篇超長的配音觀摩報告……

經過這次的參觀，我強烈地意識到，自己應該要認得每位聲優的長相，心裡對於角色有著怎樣的聲音也該有明確的想像，並且在整理好後提供給聲優。

因為多數聲優應該都很忙碌，沒有時間看完原著，再加上《小書痴的下剋上》太長了，這次的錄製內容甚至尚未出版成書。我與其預先調查每位聲優有著怎樣的聲音，還不如仔細地整理好每一部的故事大綱與每個角色的性格，才能在錄製廣播劇時幫上更多的忙吧。這是我在反省後得出的結論。

倘若還有下次機會，我想好好活用這次的經驗。也感謝能有這麼寶貴的經驗。

最後，我要感謝每一位參與配音的聲優，也要感謝製作人與音響監督等製作廣播劇的所有工作人員，還有編劇國澤真理子老師、責任編輯等TO BOOKS的所有工作人員，以及百忙之中還幫忙畫了配音觀摩短漫的鈴華老師。

※此篇配音觀摩報告原刊登於二〇一七年九月九日發行的「廣播劇」官網，收錄時予以增刪修改。文中內容與日期皆以當時為主。

角色設定資料集

諾拉
14歲
淡紫(帶藍)的頭髮
藍色眼睛
托爾
11歲
淡紫(偏藍)的
藍色眼睛
瑞克
11歲
深綠色頭髮
灰色眼睛
瑪塔
8歲
深綠色頭髮
灰色眼睛

諾拉／托爾
瑞克／瑪塔

四個角色都和香月老師原先的想像一樣，所以從草圖階段就毫無修改。關於諾拉與托爾，聽說老師的想像是：「兩個人的長相都漂亮到了會被賣掉的程度，弟弟除了五官與姊姊相像外，還有種臭屁的感覺。」

before

after
尤修塔斯
32歲
灰色頭髮
褐色眼睛
奧斯華德
30歲
深棕色頭髮
紅褐色眼睛

尤修塔斯／奧斯華德

尤修塔斯的髮型更改為天然鬈。奧斯華德則要求呈現出「很有貴族那種慣於頤指氣使的感覺」，再加上因為他是上級貴族，服裝也更改為和卡斯泰德一家一樣，只要披上外衣就能當作正裝。

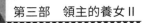

萊登薛夫特之槍

火神萊登薛夫特的神具，當整把槍蘊含的魔力達到飽和，槍尖的魔石就會發光。在「第三部III」的封面上，與擺出帥氣動作的羅潔梅茵一同耀眼閃亮。

英格（33歲）
土黃色頭髮
亮藍色眼睛

英格

由於年紀輕輕就自己開店，在木工協會的師傅裡頭地位最低。除了眼神兇惡，全身也散發著想出人頭地的工匠氣質。在實際的插畫裡頭，因當時是在神殿內，頭上沒有纏著毛巾，鬍子也剃乾淨，穿著沒有補丁的服裝。

安潔莉卡（12歲）
淡水藍色頭髮
深藍色眼睛

菲里妮（7歲）
蜂蜜色頭髮
嫩葉般的黃綠色眼睛

安潔莉卡
菲里妮

香月老師對安潔莉卡的形容就是：「看起來乖巧可愛，能用外表騙人。」草圖也完全如同想像。另外看過草圖後，還在腰部追加了重要配件「魔劍」。至於最喜歡聽人朗讀繪本的菲里妮，完全看得出來有多麼溫婉可愛。

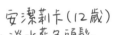

第三部　領主的養女IV

波尼法狄斯
、61歲
、接近栗色的金髮
、水藍色眼睛

喬琪娜
、32歲
、接近紫色的藍髮
、綠色眼睛

波尼法狄斯

聽說就和香月老師的想像一樣：「不僅肌肉發達，五官也一眼就能看出與卡斯泰德是父子。」其實波尼法狄斯相當魁梧，甚至比斐迪南高，實際作畫前有做此提醒。

喬琪娜

當初請椎名老師設計時，提出的要求為：「反派感＋立體的五官，眉眼深邃的美人」。而且因為年紀32歲，老師也細膩地呈現出了並不那麼年輕的感覺。實際插圖更給人留下深刻印象。

第三部　領主的養女V

弗利茲
26歲
、咖啡色頭髮
、茶色眼睛

弗利茲

眾人公認的刻苦耐勞，當路茲與吉魯起了爭執時也能出面調停，在羅潔梅茵工坊似乎是私底下默默支撐著大家的支柱，所以長相也設計得比較不起眼（椎名老師說）。

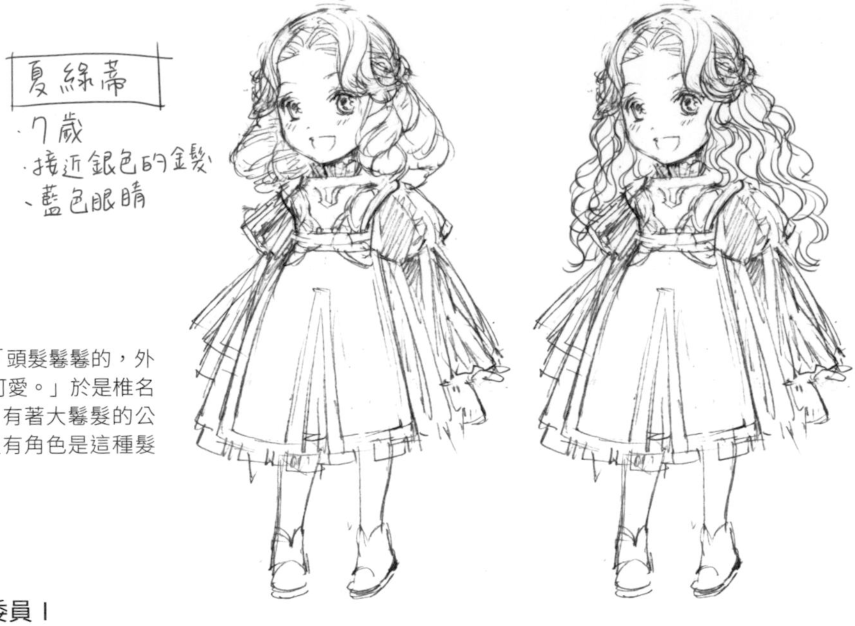

夏綠蒂

香月老師對夏綠蒂的想像為：「頭髮鬈鬈的，外表就和真人大小的洋娃娃一樣可愛。」於是椎名老師提供了兩個提案。由於「有著大鬈髮的公主風」是正統造型，至今也沒有角色是這種髮型，便採用了左邊的提案。

第四部　貴族院的自稱圖書委員 I

羅潔梅茵（兩年後）

由於在尤列汾藥水中浸泡了兩年，年紀雖有增長，容貌還是和「第三部」一樣。服裝更改為貴族院女性穿著的黑色制服，裙襬兩側也在邊緣追加了花飾，好向他領宣傳艾倫菲斯特的流行。

菲里妮（兩年後）

貴族院一年級生，下級見習文官。乖巧文靜的模樣如同預期。除了貴族院的黑色制服，還披有象徵領地代表色的披風。

休華茲／懷斯

圖書館的魔導具，外形是兔子。兩人的連身裙為同款不同色。由於有魔法方面的功能，背心的圖案特別複雜精緻。衣服從原先的長袖改為短袖，胸口也追加了魔石。

菲里妮 10歲
140cm左右

before

・額上鑲有深金色魔石
・眼睛為金色

after

休華茲
懷斯

哈特姆特
・14歲(五年級)
・朱紅色頭髮
・明亮橙色眼睛
奧黛麗的公子
175cm左右

布倫希爾德
・12歲
・深紅色頭髮
・蜜糖色眼睛
157cm左右
(+鞋跟以後大約160cm)
貴族院 三年級生

哈特姆特

貴族院五年級生。尊崇羅潔梅茵為聖女，非常擅長蒐集情報。香月老師形容為：「乍看下笑臉迎人、個性穩重，但情緒激昂地打開話匣子後就讓人受不了。」

布倫希爾德

貴族院三年級生。喜歡打扮，很有千金大小姐的氣質，看得出來自尊心甚高。頭髮是深紅色的，可以看看「第四部 I」的拉頁海報。

莉瑟蕾塔
・13歲
・翡翠綠色頭髮
・深綠色眼睛
155cm左右
(+鞋跟以後大約158cm)
安潔莉卡的妹妹
貴族院四年級生

莉瑟蕾塔

貴族院四年級生。安潔莉卡的妹妹，五官雖與姊姊相像，性格卻內斂沉穩，總是安靜地站在原地待命。始終不忘面帶笑容，理智且冷靜地完成工作。

蒂緹琳朵

大領地亞倫斯伯罕的領主候補生。不愧是喬琪娜的女兒，個性自我中心，還是外貌亮麗出眾的美少女。銳利的眼光顯現出了她的性格。不喜歡羅潔梅茵。

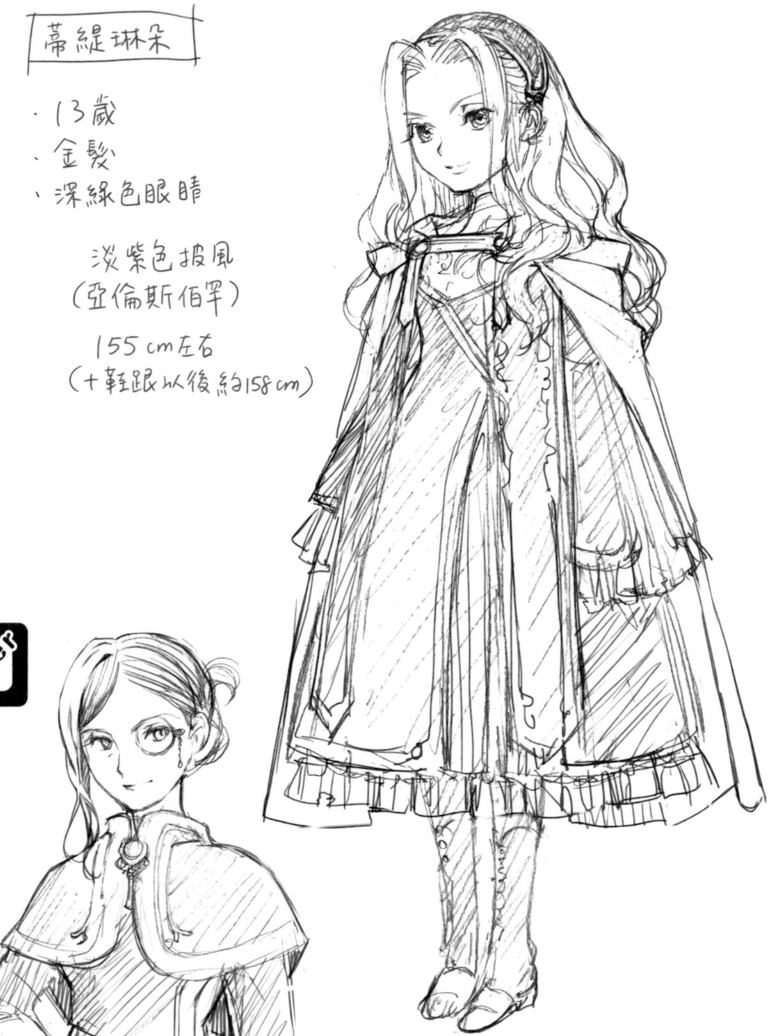

蒂緹琳朵
・13歲
・金髮
・深綠色眼睛
淡紫色披風
（亞倫斯伯罕）
155cm左右
（＋鞋跟以後約158cm）

before

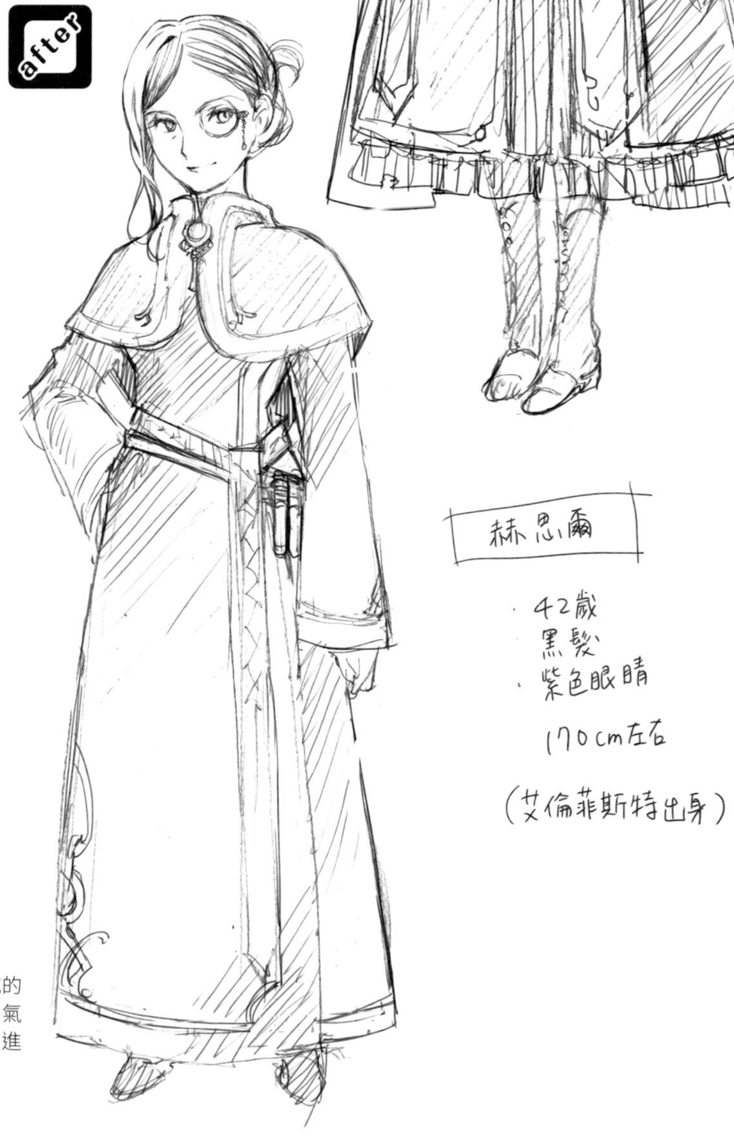

after
赫思爾
・42歲
黑髮
・紫色眼睛
170cm左右
（艾倫菲斯特出身）

赫思爾

不住在宿舍的舍監。只顧著做自己研究的瘋狂科學家。渾身散發著凜然難犯的氣質，讓人相信她確實是斐迪南的師父。進行修改後，長長的劉海變成有鬈度的。

小書痴的下剋上
～貴族關係家系圖～

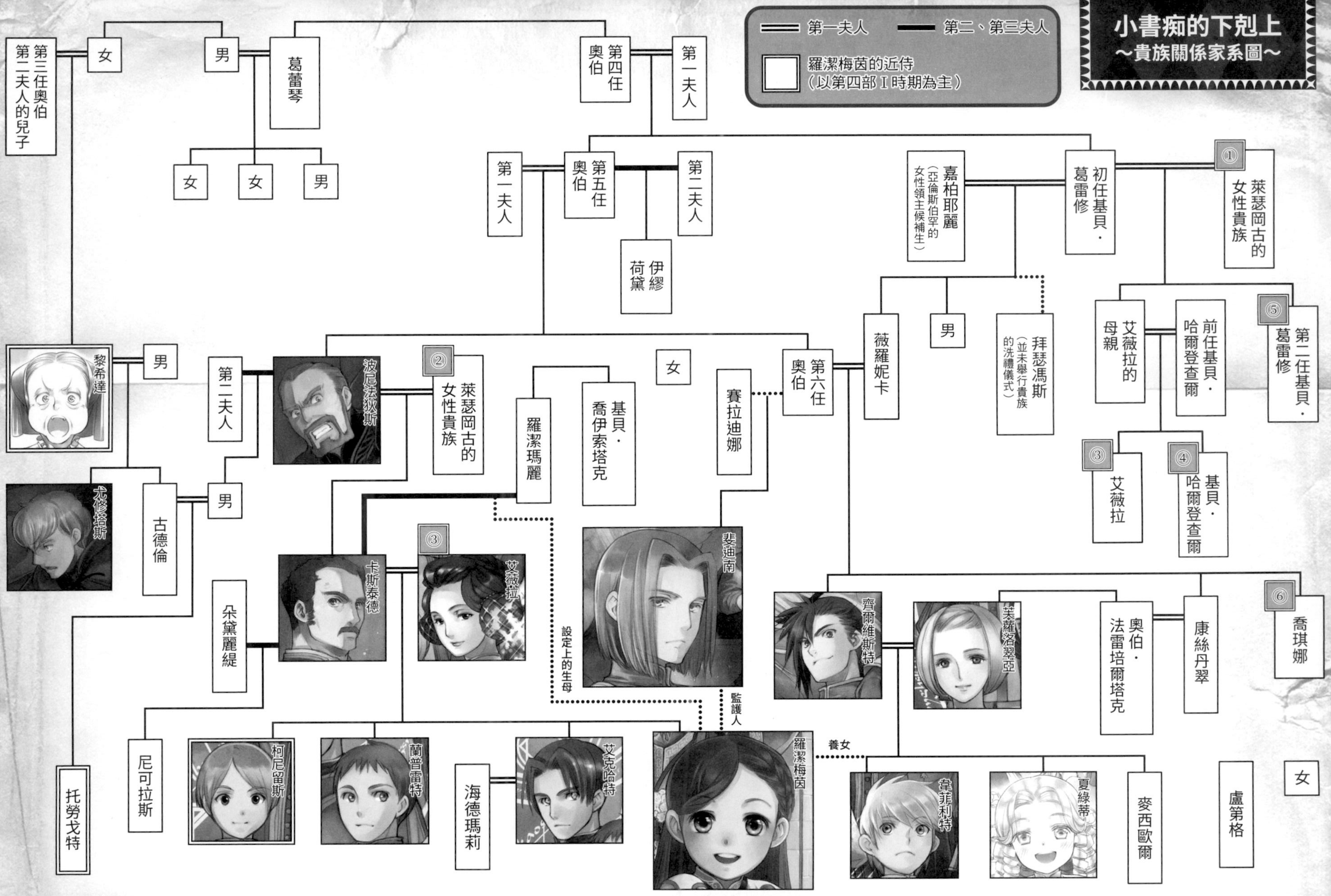

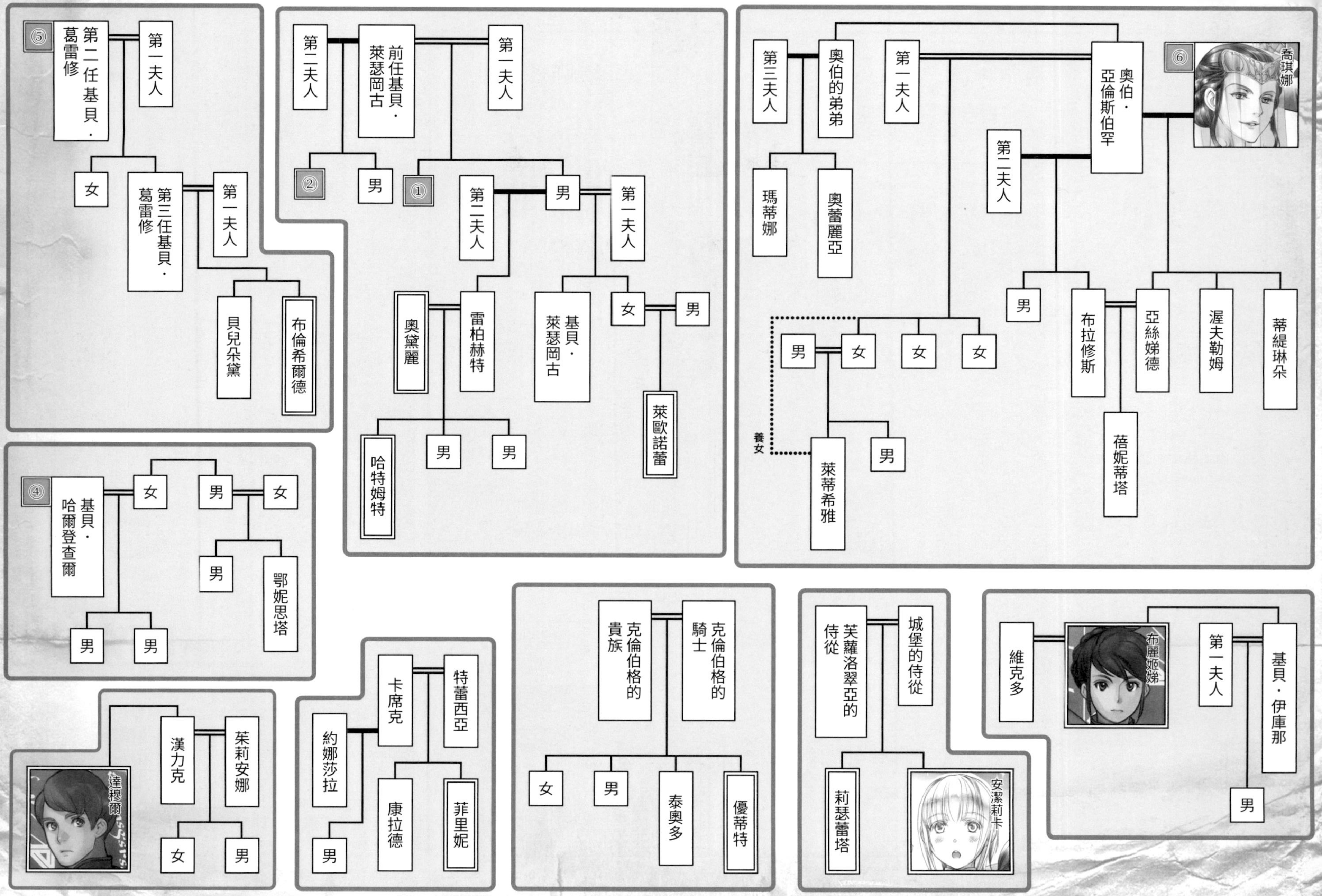

⑤
第二任基貝·葛雷修
第一夫人
女
第三任基貝·葛雷修
第一夫人
貝兒朵黛
布倫希爾德
第二夫人
前任基貝·萊瑟岡古
第一夫人
②
男
①
第二夫人
男
第一夫人
奧黛麗
雷柏赫特
基貝·萊瑟岡古
女
男
哈特姆特
男
男
萊歐諾蕾
第三夫人
奧伯的弟弟
第一夫人
奧伯·亞倫斯伯罕
⑥
喬琪娜
瑪蒂娜
奧蕾麗亞
第二夫人
男
女
女
女
養女
萊蒂希雅
男
男
布拉修斯
亞絲娣德
渥夫勒姆
蒂緹琳朵
蓓妮蒂塔
④
基貝·哈爾登查爾
女
男
女
男
鄂妮思塔
男
男
達穆爾
漢力克
茱莉安娜
女
男
約娜莎拉
卡席克
特蕾西亞
男
康拉德
菲里妮
克倫伯格的貴族
克倫伯格的騎士
女
男
泰奧多
優蒂特
芙蘿洛翠亞的侍從
城堡的侍從
莉瑟蕾塔
安潔莉卡
維克多
布麗姬娣
第一夫人
基貝·伊庫那
男

香月美夜老師Q＆A

2017/7/11～7/20這段期間，在「成為小說家吧」網站的活動報告上向讀者募集過提問，在此奉上回答。和上次一樣，真的有許多問題都只是很小的細節，讓我驚訝讀者們竟連這種事情也想知道嗎？這次也盡可能地多回答了些問題。

香月美夜

Q小說第一部裡頭，昆特爸爸與歐托先生曾在工作結束後去喝酒，我想那時候應該已經天黑了吧。平民區有路燈嗎？

A店家附近會架火盆，但回家的一路上若不自己拿著火把，基本上是一片漆黑。

Q我想知道神殿帳簿上的支出項目，像是神的旨意、神的供品、給神的花、給神的水、神的慈愛，實際上究竟是指什麼。支出最多的神的旨意，是給青衣神官與巫女的俸祿嗎？另外如果可以，我也很好奇有哪些收入（只有領主撥給神殿的預算、老家的援助與收穫祭時的布施嗎？）及其項目名稱。

A「神的旨意」寫在支出欄裡時，代表是給神殿長與青衣神官的薪俸；記在收入欄裡時，代表是領主提供的預算。「神的供品」是各種儀式的支出花費，例如鮮花、香、布匹等。「給神的花」是用來打扮會捧花的灰衣巫女；原本就是用來整頓神殿的經費，好讓貴族願意踏進神殿。「給神的水」就是接待費，包括酒錢與設宴花費等；由於貴族來神殿時，自己也能藉著公費大吃大喝，所以青衣神官們都很積極地邀請貴族前來。「神的慈愛」是給孤兒院的經費，用來購買灰衣神官服與打掃工具等。

另有「給神的捐獻」，除了領主提供的預算外，神殿獲得的所有收入皆記在此列。記帳時寫作「來自〇〇的捐獻」。

Q小說第二部的治癒儀式上，神官長曾明白表示梅茵在自己的庇護之下，周遭眾人是理解為斐迪南將來預計要讓梅茵成為自己的女人，而神官長也為了牽制眾人，是在帶有這層涵義下那麼宣告的嗎？

A並不包含這層意思。儘管並不正式，但斐迪南的發言等同在宣告自己將以監護人的身分，為梅茵決定大小事。意思類似是「婚事等事情必須先經過我的同意，不准亂來」。

Q梅茵後來又在卡斯泰德家舉行洗禮儀式，但是這樣一來，代表梅茵受洗之前曾在神殿以見習巫女的身分活動過。從貴族的角度來看，不會覺得很奇怪嗎？而且在不能公開參與任何活動的情況下，梅茵還接受了騎士團的請求。我很好奇針對這些事情做了哪些打點？又是如何說服眾人？

A原本就必須要成年以後才能接受騎士團的請求，所以斐迪南早已事先向齊爾維斯特與卡斯泰德報備過，說因為魔力的關係，會帶著未成年的青衣見習巫女一同舉行儀式。至於騎士團員們的感想，就是儘管已經聽說會有未成年的青衣見習巫女同行，卻沒想到居然還沒受洗吧。此外，對貴族來說，神殿裡的人並不是貴族，所以就算行為不同於一般的貴族，他們也不會放在心上。因為反正不是貴族。

Q小說第二部中，梅茵與齊爾大人他們遇襲時，曾暗示過有亞倫斯伯罕的身蝕士兵存在。如果是身蝕程度的魔力，那些士兵就算沒走境界門，也不會觸發領地的結界嗎？

A那些身蝕士兵是與主人一起，依著正當途徑通過境界門，拜訪艾倫菲斯特領內的基貝，然後在指示下進行攻擊，所以並不會觸發領地的結界。

Q齊爾維斯特還特意讓梅茵繼續留在神殿，好讓她能見到自己的家人，會不會其實比自己的親生孩子還疼愛梅茵呢？

A他是為了讓梅茵就任成為神殿長、舉行儀式，並不是疼愛她的表現。不過，讓她留在神殿以後，萊瑟岡古的貴族們會投來非常不友善的目光，這點確實有幫她考慮到。

Q第三部第一集中，蘭普雷特曾問羅潔梅茵究竟發生了什麼事，斐迪南只是含糊帶過地說「日後再說」，那他日後是怎麼回答的呢？

A後來因為又發生了韋菲利特導致的羅潔梅茵臉部擦傷事件，大家根本沒有心情再去探查羅潔梅茵為何哭泣，所以蘭普雷特也沒有追究。沒人追究，當然也就放置不管。順便說明，就算追究了，斐迪南也只會反過來追究蘭普雷特，說他明明以護衛騎士的身分跟在旁邊，為何還那般失職，或是藉由詢問近況來轉移話題。他打從一開始就沒打算認真回答（笑）。

Q在羅潔梅茵的洗禮儀式上，斐迪南大人為什麼在看了牌子後說「果然」呢？

A因為先前窺看記憶的時候，梅茵曾說她覺得藥水是甜的，所以斐迪南早就在猜梅茵的魔力與自己十分相近，多半是全屬性。再加上梅茵後來光靠釋出魔力，就給予了家人全屬性的祝福，當時他也猜到梅茵應該是全屬性。

Q齊爾大人會自己跑去義大利餐廳吃飯嗎（包括微服出巡）？

A不會。因為現在他不必特意上門光顧，就能在城堡吃到一樣的美食，況且沒有介紹就進不了餐廳，更不可能臨時起意偷偷跑去。再者只要一上門光顧，想也知道會有人去通知羅潔梅茵。羅潔梅茵已經再三向他提醒過，這會造成多大的麻煩。

Q梅茵曾以為是情書而藏起喬琪娜的來信，這件事如果被人知道了，梅茵有可能會被問罪，那麼是斐迪南暗中掩蓋了她曾藏匿書信的事實嗎？

A是的。而且斐迪南後來還一派若無其事地交出這些書信，表示「好像還有留下的書信」，所以並不構成是刻意藏匿。

Q基本上貴族的服裝都要使用大量布料，被人看見雙腳更是不知羞恥，但布麗姬娣的禮服露肩膀、露手臂就ＯＫ嗎？

A只要母親大人她們說ＯＫ，就沒有問題。因為本來就有一字領的服裝了。但手臂還是要小心別裸露過多，所以先展示給同派系的婦人們看時，就已進行修改。

Q第三部Ｉ的短篇〈胃痛的廚師〉中，曾描寫到雨果把尹勒絲帶來的蛋糕放進冬用儲藏室裡，但再怎麼涼爽，當時也應該是夏天。「法式千層酥」都會使用鮮奶油，那樣不會壞掉嗎？

A這個世界的氣候與日本的夏天不同，冬用儲藏室是非常涼爽的地方，平民區的居民也都把食物保管在這裡頭。此外，尹勒絲帶來的甜點並不是法式千層酥，文中只描寫到「千層蛋糕的餅皮」、「海綿蛋糕」，然後「由我們擺盤裝飾」，所以當下還未使用鮮奶油。

Q利用魔石做出鎧甲的方法，只會教給騎士嗎？如果能教給梅茵，採集時應該會輕鬆許多吧？

A在沒有思達普的情況下，若要同時為騎獸、鎧甲和採集工具提供魔力，不僅需要技術，也要熟練於操控魔力，所以才優先讓羅潔梅茵製作移動所需的騎獸。如果有時間可以慢慢接受特訓，也許會找時間學吧。但是，羅潔梅茵總是接連排定新行程，完全沒有空閒時間。況且印刷機比鎧甲更重要，所以這也是沒辦法的事。

Q一般人的步速大約是每小時四公里，走八小時就是一天三十二公里；假設騎馬的速度比徒步快兩倍，那麼就是一天六十二公里。再假設書中提到的幾天時間，是指騎馬從馮多道夫去女神的水浴場要四天時間，從反方向過去則要六天時間，那麼徒步就得走上二十天，距離長達大約六百二十公里。就算把雪地與山路也考慮進去，等於至少直徑二百公里以上都是無人地帶，跟關東地方差不多大。這樣計算以後，書上關於從馮多道夫去女神水浴場的描述會不會是寫錯了呢？並不是騎馬要幾天時間，而是幾小時？

A由於小書痴是另一個世界，我們這裡的計算方式完全不適用。首先，人們並不是在馬路般的平坦路面上移動，也不只要攀爬小山，入山前還有一整片覆蓋著白雪的森林，所以移動速度非常緩慢。

再來，這個季節所有人還集中住在冬之館，周遭沒有村落，也沒有驛站馬車，因此無法換馬。馬與人既需要時間休息，也因為沒有客棧可以投宿，必須趁著天色還明亮時找好營地，為紮營做準備。此外也因為時值春季，日照時間不長，所以不可能每天都花八小時的時間在移動上。再加上即便是騎士們能輕鬆打倒的魔獸，平民們卻得設置陷阱，或是出動好幾個人才能撂倒一頭魔獸，所以為了討伐魔獸也得花上不少時間。一天之內可用來移動的時間也就更少了。

最後，是與尤根施密特有關的，非常重要的一項設定。由於目的地是「女神的水浴場」，端看人們供奉的物品以及供奉時的態度而定，路途有可能變得複雜難行。並非所有人都能像羅潔梅茵他們這樣，以最短距離、並在最短時間內抵達。

Q採集春季的材料之前，羅潔梅茵與神殿人員們曾向女神像供奉點心。請問那些點心是之後會自行消失不見？還是供奉完後，由供奉的人自己吃掉呢？

A那些點心會自行消失。順便補充說明，早在拿出點心的那時候，就有小小的光點會聚集過來享用了。

Q蒐集春天的材料時，發生在女神水浴場的奇幻現象，果然是因為有芙琉朵蕾妮的介入嗎？那些被吃掉的小光點類似是神介入用的終端控制器？

A女神的水浴場是水屬性魔力容易積累的地方，那些微小的光點其實是一團團的魔力，對魔獸來說可是大餐。由於散布著水屬性的魔力，祈禱更容易傳達給春季的眷屬，也容易被介入。

Q在伊庫那生活的時候，路茲他們曾吃過河魚，但河魚沒有出現在款待賓客的宴席上嗎？還是說因為是不明食材，不會去夾取？

A因為是由法藍或莫妮卡服侍羅潔梅茵用餐，只有覺得可以端給她吃的食物，兩人才會夾到盤子裡。舉凡初次看到的食材、感覺拿著餐具也不知從何下手的食材、往下分送時自己也不太想吃的食材，都不會夾進盤子裡。

Q韋菲利特如果真被廢嫡，具體而言會有什麼下場？

A他將不再是領主的孩子，並被送入神殿，藉此向眾人昭告他不再是貴族。想當然耳，他也無法去就讀貴族院。倘若他因為仰慕薇羅妮卡，公然反抗齊爾維斯特，那麼將他關進白塔還算是手下留情，但其實與薇羅妮卡一同處決是最妥當的處置。

Q蘭普雷特的視角中，他對於羅潔梅茵在首次亮相時展現出的祝福，內心感到相當不安，似乎也有人的想法更是駭人。侍從們卻完全沒有告訴本人這些事情，是因為這是侍從的職責嗎？

A 羅潔梅茵本就是因為魔力量龐大才被收為養女，所以必須向貴族們展示自己的有用之處。再加上冬季的社交活動已經開始了。羅潔梅茵不只要保護韋菲利特，還得與貴族往來應對，主人都已經十分消沉，覺得自己又出差錯了，侍從不會再去說些可能令她更加消沉和不安的事情。

Q 韋菲利特受洗前，一起生活的家人只有薇羅妮卡而已，為什麼他還會期待、並且希望能有時間與父母相處呢？薇羅妮卡給人的感覺就只會稱讚齊爾維斯特與韋菲利特，應該說了不少芙蘿洛翠亞的壞話吧？

A 不知道讀者有沒有這樣的經驗呢？有些親戚雖然只是偶爾見面，但每次見面都百般疼愛自己，所以會很期待再見到他們。以韋菲利特的情況來說，就好比是家人只有祖母，父母則是親戚，所以他還是會很期待見到他們。而貴族女性最擅長的，就是把壞話講得不像壞話。如果韋菲利特的心思再細膩一點，或者等他再大一點，也許就會發現薇羅妮卡說的話總是充滿嘲諷與挖苦吧。

Q 梅茵變成羅潔梅茵以後，開始推動各種改革，韋菲利特為什麼都不會對此感到心急呢？

A 因為這些事情固然對艾倫菲斯特有利，但主要仍是羅潔梅茵自己的興趣，其次是依韋菲利特當下的情況，與其插手去管別人的興趣，他更該優先彌補落後的教育進度。

Q 為什麼對韋菲利特的重新教育還是這麼散漫呢？薇羅妮卡失勢以後，明明拿回了教育的主導權，芙蘿洛翠亞究竟在做什麼？忙碌不能當藉口吧？是因為韋菲利特身為領主候補生，學習方面已經沒有問題，其他的就沒關係嗎？

A 散漫的並不是芙蘿洛翠亞，而是首席侍從奧斯華德呢。一旦住進北邊別館，孩子就等同半獨立了，所以芙蘿洛翠亞能做的，也就只有定期去看看韋菲利特的情況。自然也就會優先確認他的學習情況，了解他學會了哪些，哪些學得不好。因為當初連首次亮相也是臨時抱佛腳，學習進度完全是落後狀態。就連飛蘇平琴也只會彈那麼一首。

Q 如果不是羅潔梅茵揭穿，大人們打算等到什麼時候才要告訴韋菲利特，薇羅妮卡其實已經成為罪犯了呢？就連夏綠蒂好像也已經透過近侍聽說這件事了。是因為首次亮相之前，已經要求他完成太多作業，又逼他辭掉一些近侍，擔心他身心無法負荷，所以打算過些時日再告訴他嗎？

A 至少要等到周遭人們與韋菲利特都稍微穩定下來……大概是去就讀貴族院之前吧。要何時告訴韋菲利特有關薇羅妮卡的事情，全由齊爾維斯特決定。因為若由芙蘿洛翠亞開口，她勢必很難保持理智，很有可能使得母子關係在日後產生裂痕。而夏綠蒂會知道，是因為芙蘿洛翠亞為薇羅妮卡的垮臺感到高興。明明看到丈夫因為制裁了自己的母親而消沉不已，她自己卻為此感到安心與高興，芙蘿洛翠亞心裡其實十分有罪惡感。

Q 芙蘿洛翠亞的近侍除了她從法雷培爾塔克帶來的人以外，還有基貝・萊瑟岡古的異母弟弟，也就是哈特姆特的父親。關於韋菲利特的學習進度，卻還是沒有獲得任何情報嗎？倒不如說，母親大人都不會告訴她嗎？

A 並不是完全沒有獲得相關資訊。就如同齊爾維斯特透過日常匯報，多少會曉得韋菲利特的學習進度落後一樣，芙蘿洛翠亞也知道一些。只是沒想到那麼嚴重罷了。因為齊爾維斯特曾說：「我以前也是那副樣子。」「既然是母親大人在養育，應該會教育成程度和我差不多的領主。」這些話芙蘿洛翠亞大概信了七成左右，另外主要就是，她一直以為韋菲利特的受教育程度「符合艾倫菲斯特領主一族的標準」。

此外，近侍與母親大人也不會告訴她詳細情況。換作是你，會在事前對芙蘿洛翠亞這麼說嗎？「令公子實在太不成材，所以我們打算把他連同薇羅妮卡大人一起拉下來，然後擁立夏綠蒂大人或麥西歐爾大人成為下任領主，請您放棄韋菲利特大人吧。」

Q 第三部的時候，柯尼留斯與安潔莉卡對於達穆爾有什麼想法呢？即便他是從以前開始就在服侍羅潔梅茵的人，但畢竟是下級貴族成了近侍，還負責下達指示，內心不會感到不快嗎？還是說因為覺得他很快就會離開，沒有任何想法？

A 在布麗姬娣習慣神殿的生活之前，他們只能經由早已熟悉的達穆爾獲取羅潔梅茵的指示，覺得這也是無可奈何。由於後來會盡可能交由布麗姬娣下達指示，即使偶爾感到心煩意亂，大致也還能接受。但在成立了「安潔莉卡成績提升小隊」以後，安潔莉卡便產生了「要是沒有達穆爾，我絕對無法順利升級」的想法，然後轉為純粹的尊敬。柯尼留斯也由衷佩服起達穆爾，覺得他面對羅潔梅茵的強人所難，竟然可以細心配合到這種地步。

Q 感覺達穆爾比起一般的文官，不管是單純的文書工作還是上司的無理要求，都能處理得很好。那麼雖然都是下級貴族，但本就是文官的漢力克與兼職血汗打工的達穆爾，實際上是誰更優秀呢？

A 由於教育者是斐迪南，一旦做錯事就有可能物理性地掉腦袋，所以達穆爾是在沒有退路的情況下受到壓榨，再過數年必然是達穆爾更加優秀。神殿業務果然血汗。

Q 第三部第五集的〈搶救〉篇章中，斐迪南說的「竟然偏偏用了那個嗎？」的藥水，作用是讓魔力難以流動嗎？

A 是的。利用藥水改變魔力的流動後，就會無法像平常那樣施展魔力。讓羅潔梅茵無法隨意施展魔力後，既能阻止她反擊，也能讓平民便於搬運。

Q 羅潔梅茵壓縮法依每個人意志力的不同，效果究竟會有多大的差異呢？例如養父大人、卡斯泰德與斐迪南之間，壓縮前與壓縮後會有怎樣的差距？

A 女性在知道了某個很有效的運動減肥法以後，端看她有多麼認真、多麼定期且長期地持續實行，效果也會截然不同。同樣的道理，只是知道有這個壓縮法，沒去實行也沒意義。全看壓縮後的效果在何時顯現，每個人會有很大的差異。

Q 想請問簽了魔法契約的羊皮紙是如何保管。與公會有關的契約書，是擺在芙麗妲有權觀看的房間裡。那麼與領地有關的契約書，是保管在艾倫菲斯特的哪個地方呢？我想負責管理的文官職位應該很高，而且因為需要嚴密保管，是否保管前也需要先與文官簽訂某些契約呢？很好奇是否需要獻名？此外，我也想知道與羅潔梅茵壓縮法有關的魔法契約書，是被送往尤根施密特的中央領地？還是送往貴族院的某個房間？

A 簽了魔法契約的契約書除非抄下備份，否則不會留下來。燃燒完就消失了。平民因為做生意的關係要簽訂魔法契約時，商人有義務得向公會提交資料。班諾因為有提交，所以是由商業公會保管。不過，貴族之間與魔法契約有關的資料，如果是與領地之運作有密切關聯的契約，會把記下了詳細內容的文件放進資料室裡保管，並由一般的文官負責管理，而且並不是所有資料都要呈報給中央。例如與羅潔梅茵魔力壓縮法有關的契約，雖會向中央索取簽約所需的魔導具，但沒有義務得提供契約內容。

Q 喬琪娜會成為亞倫斯伯罕的第一夫人，是因為她為此動了什麼手腳嗎？還是只是單純的偶然？

A 亞倫斯伯罕的第一夫人這個位置，可不是純靠偶然就能輕易當上。

Q 還有人也像黎希達這樣，明明十分確定羅潔梅茵並不是卡斯泰德的孩子，但也只是保持沉默嗎？

A 除非是非常親近的人，否則無法看穿人說謊時的一些習慣動作，所以除了黎希達外沒有其他人了。倘若卡斯泰德的母親還在世，可能也看得出來吧。

Q 波尼法狄斯真心相信羅潔梅茵是與自己有血緣關係的孫女嗎？

A 他並不認為羅潔梅茵是艾薇拉的女兒，但至少相信她是卡斯泰德的孩子。

Q 尤列汾藥水似乎所有貴族都會製作並隨身攜帶，但每個人都會準備到一個浴缸的量，存放在祕密房間裡嗎？

A 這對騎士來說尤其攸關生死，所以會先做好保管起來。

Q 羅潔梅茵從尤列汾藥水中醒來時，因為斐迪南看起來一點也沒變，所以她完全沒發現時間已經過了兩年，那為什麼斐迪南一點也沒變呢？

A 如果是八歲變成十歲、十三歲變成十五歲，兩年的時間就能讓一個人的外表有大幅改變，但從二十二歲變成二十四歲，其實外表不會有變化喔。最主要是，斐迪南從她認識時開始就一直被壓榨魔力、處理堆積如山的工作，長年勞累下看起來反而是最蒼老的人，所以感覺就和初次見面時一樣（笑）。

Q 第三部尾聲之際，經過長達兩年的時間，羅潔梅茵終於平安從尤列汾藥水中醒來，當下斐迪南大人究竟是怎樣的心情與感受呢？

A 終於醒來了嗎？未免花太久時間了，這個笨蛋。淨會給人添麻煩……

Q 請問斐迪南大人的誕生季節與魔力顏色？

A 設定上誕生季節是春季。由於他是全屬性，魔力顏色是類似珍珠般的微濁白色，而且因為每種屬性都很平均，可以淡淡地看見各種顏色。

Q 斐迪南似乎是無條件地相信梅茵的廚師，這是因為只要是信任的人，也不會對她的近侍（平民）心懷警戒嗎？

A 斐迪南並不是一開始就給予信任。他會仔細觀察梅茵與平民區的關係，還有梅茵招呼他吃廚師做的食物時有怎樣的舉動。再說得直白、正確一點，他相信的其實不是廚師與梅茵，而是曾為自己侍從的法藍。

Q 如果侍從也需要服侍自己的侍從，那當年只信任尤修塔斯的斐迪南在進入神殿之前，都是怎麼生活的呢？尤修塔斯自己應該也有侍從與傭人，我想斐迪南應該無法相信他們所有人吧？

A 就好比黎希達的侍從不會主動冒出來與羅潔梅茵接觸一樣，只要不是造訪尤修塔斯的宅邸，他的侍從與傭人也不可能接觸到斐迪南。除非是夫妻與親子之間這樣的關係，否則侍從與傭人一般不會共有。尤修塔斯的侍從的工作，就是為主人打理好生活起居，並不是跑到斐迪南面前服侍主人。

Q 被困在神殿的時候，我想斐迪南大概已經放棄結婚了吧。但父親大人當初還賜了宅邸給他，應該是要讓他與夫人同住，那他對此真的沒有任何想法嗎？他還三不五時提醒梅茵，生兒育女是貴族的義務，但他自己好像也沒有盡到義務……

A 假如有對象，應該早就結婚了吧。只是因為沒有女性的魔力及身分與他相當，也沒有貴族人家願意接納備受薇羅妮卡排擠的他。他會再三提醒羅潔梅茵，主要是因為她的身分地位在各方面都還不穩固，希望她能藉由結婚與生子，讓自己安全無虞。因為女性若能產下魔力強大的孩子，就能獲得禮遇。

Q 斐迪南為什麼從不考慮毒殺薇羅妮卡，或把她下的毒再投回去呢？

A 父親還在世的時候，謀殺父親妻子的風險太大了。而如果是在父親過世前後那段時間暗殺薇羅妮卡，等於向齊爾維斯特宣戰。斐迪南後來都已經進入神殿，宣告自己不碰政治，再讓艾倫菲斯特陷入混亂並不是明智之舉。也因為比起透過斐迪南得利的貴族，透過薇羅妮卡得利的貴族要多出不知多少倍。獨斷下進行暗殺雖是可能的選項，但斐迪南不會這麼做。

Q 斐迪南還俗時，曾說過艾倫菲斯特領內並沒有魔力與他相當、能夠成婚的女性，但已婚女士的話倒是有，是指芙蘿洛翠亞嗎？

A 是指薇羅妮卡。因為她可是亞倫斯伯罕的領主候補生，與當年艾倫菲斯特領內最適合成為奧伯的初任基貝・葛雷修的女兒。

Q 想請問有關布朗男爵的事情。男爵的話就是下級貴族吧，他從沒考慮透過奇爾博塔商會，請他們向羅潔梅茵介紹自己嗎？

A 貴族之間雖會互相推薦，說「這間店值得一去」，但身為平民的商人不可能當中間介紹人，為貴族介紹貴族。況且要是居中介紹得不順利，怒火中燒的貴族反而會讓商人身陷險境。商人都曉得不要過度踏入貴族的世界，才是長保平安之道。

Q 芙麗妲已經與下級貴族漢力克簽約，將來會成為他的愛妾，但她因為與羅潔梅茵的緣分，有幸親眼面見艾倫菲斯特的領主。如果繼續履行當初的契約，成為見不得光的人，不會對領主大人不敬嗎？屆時漢力克的處境有可能會變得很危險，以後究竟會有什麼下場呢？

A 領主並沒有下令要取消已經簽訂的契約，怎會不敬呢？烹煮餐點的是廚師，又不是芙麗妲，齊爾維斯特也不曉得漢力克與芙麗妲簽訂了契約；就算知道，平民變成不能公諸於世的愛妾也是很正常的事情，他不會認為自己該插手介入。契約還是照樣進行。

Q 騎獸小熊貓巴士似乎還重現了踏板、方向盤與安全帶等裝備，想知道是否連擋風玻璃與兩側車窗也重現了呢？

A 感覺比較像是有一層魔力的膜，跟玻璃又不太一樣呢。駕駛時魔力膜是透明的，可以看見外頭的景象，加上本來就是魔石變成的，羅潔梅茵不會特別去在意這些細節。

Q 梅茵的審美觀每次都被嫌棄到不行，究竟是Q版畫風不被尤根施密特的人接受，還是梅茵毫無自覺，其實她真的沒什麼美感？

A 兩者皆有吧。這裡沒有Q版的文化，所以很難讓眾人接受。至於美感呢，以現代來舉例的話，梅茵就像是把蟑螂Q版化後當成騎獸在騎乘。愛蟲的人可能會覺得有趣，但就算Q版化了，大部分人還是不能接受。跟Q版化後可不可愛無關，旁人看了都會忍不住大喊：

「為什麼偏偏要選蟑螂?!兔子不是很好嗎！」

Q 羅潔梅茵曾經想過，自己若是反抗齊爾維斯特與斐迪南，多半會小命不保。那假如她真的違抗兩人的命令，齊爾維斯特與斐迪南會怎麼處置呢？比如羅潔梅茵真的有心想成為奧伯・艾倫菲斯特的話？

A 就連親生兒子若是謀逆造反，都得送去神殿，甚至將其處刑，原為平民的羅潔梅茵更是無庸置疑會被處刑。而當初是斐迪南提議要讓羅潔梅茵成為貴族，所以他會負起責任，利用魔法契約的漏洞將她處刑吧。假使發生了斐迪南無法動手的情況，會由並未簽訂魔法契約的領主近侍代為行刑。

Q 艾倫菲斯特境內有好幾個境界門，在與庫拉森博克還有亞倫斯伯罕相接的境界門那裡，居民的往來程度頻繁嗎？

A 由於庫拉森博克完全不把艾倫菲斯特放在眼裡，所以幾乎沒有交流；至於與亞倫斯伯罕還有法雷培爾塔克，貴族和商人倒是會與彼此往來。小說第二部裡，雖然禁止他領貴族進入貴族區，但除此之外只是嚴加警戒，還未禁止往來。

Q 很好奇在尤根施密特有沒有游泳這種概念，以及有沒有泳衣。該不會其實只有騎士能學習這項技術？

A 在並未與大海相鄰的領地裡頭，因為沒有必要，沒人會學游泳。在外穿泳衣更是不知羞恥！下水的時候，騎士還是要穿全身鎧甲喔。

Q 女性無論是貴族還是平民，每成長到一個階段就要改變裙長和髮型，那男性是否也會因為年紀的增長，而在服裝等外貌上有所變化？

A 不論平民還是貴族，男性在十歲之前都要穿短褲，十歲過後則和成年人一樣，並不像女性有那麼明確的變化。從前要等到成年才能取得思達普的那時候，還會在年滿十歲時給予亦為魔導具的武器。

Q 除了蘇彌魯，還有平民也能獵捕的其他魔獸嗎？好比是魔獸幼崽的話？

A 除了蘇彌魯外，當然也有平民能獵捕的魔獸。如果遇到的魔獸還年幼，多數時候平民都有辦法應付。只不過父母一旦現身，平民也就完了。

Q 梅茵如果自己爬上帕露魔樹採果實，會採到染上自己魔力的特殊帕露嗎？

A 如果不是握著樹枝，而是捧著果實灌注並染上魔力的話，會採到魔石而非帕露。

Q 要是梅茵有辦法去採帕露，也能參加星祭，平常一點一點地釋出體內魔力的話，有沒有可能不當神殿的見習巫女也能活下來呢？

A 梅茵的魔力量單靠這點程度的釋放並無法抑制下來，所以多半撐到十歲左右？不到成年就會喪命。搞不好還會被當成是讓陀龍布生長出來的危險人物，被逮捕後遭到處刑。到時昆特還不得不逮捕自己的女兒，想到這裡就很慶幸梅茵能進入神殿。

Q 羅潔梅茵會把食譜集結成書然後販售，但在那個每本書都獨一無二的時代裡，以前從來沒有過類似的書籍嗎？

A 因為廚師基本上都是平民，最好假定每個人都不識字。此外，貴族絕不會去廚房，也不可能知道餐點的詳細做法、進而教給廚師，所以從前從來沒有食譜書。廚師都是在口頭傳授下學會那戶人家吃慣的口味，不然就是邊看邊偷學。雖然會有美食家像在寫日記似的，在木板上留下「這道菜很美味」之類的紀錄，但並未寫有做法，所以也稱不上是食譜書。

Q 平民如果持續一直吃羅潔梅茵想出的那些料理，會容易變成身蝕嗎？
另外如同上述所問，羅潔梅茵調理食材的方式傳開後，（以長～遠的眼光來看）是否會對貴族的魔力量有影響，平民身蝕是否會變多呢？

A 是啊。持續好幾代一直在吃那些料理的話，可能多少會有一些影響吧。但跟藉由壓縮魔力而增加的量比起來，真的微不足道。

Q 舒翠莉婭之盾只能排除對羅潔梅茵有敵意的人，卻拒絕不了她不想放進來的人，這是為什麼呢？

A 因為只要不是明確的敵人，羅潔梅茵也不希望對方死掉。會使用舒翠莉婭之盾，通常是在非常危險的情況下。假使對方只要不進到盾裡面來就有可能喪命，那麼羅潔梅茵雖然不喜歡對方，但對方畢竟不是敵人；雖然不喜歡，但也不希望對方死在自己面前。這種時候即使不想放對方進來，羅潔梅茵也無法拒絕。

Q 關於梅茵的翻譯功能，她在成為貴族以後，也一直是仰賴翻譯功能嗎？但她好像只要回想數字，就能寫出那個世界的數字……

A 梅茵的翻譯功能在平民之中，也只有五歲孩童的水準而已。還是成天臥病在床、沒什麼人生歷練的五歲孩童，所以只在初期與家人對話的時候曾派上用場。其餘所有單字她都不認得，也只能自己去背。像數字也是去買東西時，梅茵是靠著自己「這是0」、「這是3」，像這樣背下來。

Q 大家在暴風雪中也能正確找到通往城堡入口的方向，這件事光靠讀者猜測的感應地磁的能力，好像還不足以辦到，請問還設定了怎樣的特質與要素呢？

A 這與到了一定年紀便能感應到魔力的能力有關。因此，討伐冬之主等需要外出的工作只有成人能夠參與。此外，騎士都會接受訓練，學習如何探測周遭敵人的魔力，所以對於魔力也比其他人要敏感。

Q 近侍之間因為是同事，都是直呼其名吧？其他上級、中級、下級貴族遇到上級貴族時似乎都會加大人，那下級貴族遇到中級貴族時也會加敬稱嗎？

A 是的，都會加敬稱。他領貴族在不曉得階級的情況下，一般面對首次見面的人也都會加敬稱。

Q 孩子們在就讀貴族院之前，像羅潔梅茵與韋菲利特都沒有招攬文官吧？我看侍從與護衛騎士經常出現，但好像從沒看到文官……？

A 侍從與護衛騎士是出生後馬上就有需要，但文官要到了能開始工作的時候才需要招攬，所以會在洗禮儀式過後才開始尋找人選。

Q 尤根施密特的貨幣是在哪裡製造的呢？另外看過漫畫版以後，我發現硬幣表面還有圖案，那是鈴華老師自己設計的嗎？

A 由中央製作。圖案是鈴華老師的原創。

Q 領主的孩子在受洗之前，除了同胞手足以外，沒有機會與年齡相近的小孩子接觸嗎？

A 如果母方親戚的孩子也在同個領地裡面，還有如果是母親信任的友人的孩子，多少有些接觸機會。因為身分差距的關係，很難接觸到其他孩子。

Q 貴族似乎也有姓氏，那正式報上全名的時候是什麼樣子呢？想知道梅茵、齊爾維斯特、基貝・伊庫那、艾薇拉與達穆爾的例子。

A 「羅潔梅茵・多塔・林肯伯格・阿多地・艾倫菲斯特」、「齊爾維斯特・奧伯・艾倫菲斯特」、「艾薇拉・多塔・顧德海爾・法拉・林肯伯格」、「赫夫利特・安博洛斯・基貝・伊庫那」、「達穆爾・贊恩・班納特」。

Q 波尼法狄斯的兒子卡斯泰德是上級貴族。請問只要是領主候補生的孩子，必定會成為上級貴族嗎？

A 在下任奧伯的人選尚未決定，而雙親有可能成為奧伯的情形下，會以領主候補生的身分養育長大。因為假使雙親成了奧伯，若無子女可以繼任就麻煩了。而卡斯泰德當時的情況，是奧伯人選雖已確定，但對方只有女兒，又沒有迎娶第二夫人的打算，所以在齊爾維斯特出生之前，卡斯泰德曾是領主候補生。

Q第一夫人的孩子與第二夫人的孩子，一般在待遇上有怎樣的差別呢？

A端看父親的個性、母親之間的關係、母方老家的影響力，還有孩子的魔力量與能力而定，所以並沒有一般情況。在第一夫人非常強勢的情況下，第二夫人的孩子便會備受冷落；但如果丈夫從比起第一夫人更有影響力的人家迎娶了第二夫人，屆時便是第二夫人的孩子會受到禮遇。依每個家庭、依時代，情況都會有所不同。薇羅妮卡大權在握的時代若再持續十年以上，艾薇拉即便是第一夫人，她的孩子們也會受到冷落，並由尼可拉斯成為繼承人吧。

Q這個世界似乎是一夫多妻制，有反過來的情況嗎？那女性奧伯的丈夫，還會迎娶第二夫人或更多的妻子嗎？

A反過來的情況雖然極其特殊，但也不是完全沒有。不過，女性奧伯的丈夫不會再迎娶第二或第三夫人。愛妾的話倒是有。

Q貴族家裡因魔力低下而成為下人的小孩，受洗後是過著怎樣的生活？會與親兄弟姊妹斷絕往來嗎？

A由於不會以貴族孩童的身分受洗，所以對外皆稱之為平民。至於與親兄弟姊妹有無交流，依每個家庭而定，但由於成了那戶人家的下人，多少仍會確立主從關係。

Q平民和貴族會生出雙胞胎或多胞胎嗎？我猜平民是因為體力，貴族是因為魔力的關係，這種例子大概很少，但是否存在於尤根施密特境內呢？

A多少也是有這種例子。正如讀者所言，平民因為體力與營養狀態的關係，很少能平安生下來。而貴族因為是在魔力供應不足的情況下生產，所以孩子即便生下來，也很難能以貴族的身分養大。通常雙胞胎都會變成家裡的下人。

Q平民若要與他領的人結婚，屆時登記證與市民權是如何處理呢？

A住在平民區的平民必須在星祭的時候，向神殿提出想與他領居民結婚的請求。神殿裡的人便會找時間處理此事，再委託會出入神殿的商人送去傳喚信函。依著信函上指定的日期（通常是冬季的成年禮或春季的洗禮儀式），帶著傳喚信函前往神殿的話，便能拿回自己的登記證。至於住在直轄地與基貝土地上的平民，則要在收穫祭時向神官提出自己要遷往他領的請求，然後隔年春天的祈福儀式就能拿回登記證。

而市民權是附加在登記證上的權利，因此一旦拿回登記證，當下便會失去市民權，也會一併失去自己的工作和住處，所以必須盡快前往結婚對象所在的他領，參加星祭時連同登記費一起交給神官，登記成為他領居民。由於太過麻煩，除非有非常龐大的益處，否則一般很少與他領居民結婚。

Q旅行商人持有的領地登記證又是怎麼處理的呢？

A旅行商人之所以為旅行商人，就是因為沒有所屬領地。他們沒有登記證。不會參加洗禮儀式，也不會參加成年禮，死後也沒有墓地。

Q想請問關於祕密房間。房間的大小與魔力量沒有關係嗎？因為斐迪南的祕密房間隨時都塞滿了東西，我很好奇下級至上級貴族，還有領主候補生的祕密房間的大小，是否其實都一樣？

A由於是以魔力創造的空間，大小依魔力量而定，雖然一開始設定好面積後就不能更改，但可以自己決定大小。斐迪南只是因為完全不打算讓別人進入自己的祕密房間，才沒有設置太大的空間。此外，他當初也沒料到神殿祕密房間裡的東西會增加到那麼多，畢竟他在貴族區裡還有宅邸。

Q像白塔那樣的地方是否不只一個？囚禁薇羅妮卡的白塔十分特殊，是否還關了其他人呢？蟾蜍伯爵又是關在哪裡？

A白塔是關押領主一族的地方，目前只關著薇羅妮卡一人。賓德瓦德伯爵則是待在專門關押有罪貴族的大牢裡。

Q孤兒院之前會那麼悲慘，是因為肅清過後，青衣神官的人數大幅減少吧。那麼，在那之前的神殿又是怎樣的景象呢？

A在前任神殿長還作威作福的時候，完全可以說是捧花全盛期。由於不能離開神殿，青衣巫女中也有嗜色之人。

Q艾倫菲斯特裡有所謂的花街，或者有人在經營賣春業嗎？

A倘若尋芳者是貴族，神殿的捧花便是這樣的存在。至於平民，則是女侍兼作這樣的工作，當初艾拉就是不想當而逃離。

Q大領地（亞倫斯伯罕）與中領地（艾倫菲斯特）各級貴族的魔力量基準是一樣的嗎？

A若不一樣，學生們在貴族院上課時會產生問題，所以各級貴族的魔力量基準都差不多。但人數的多寡就有很大的差距，也會影響到能否獲得重用。中級貴族因為會被交付中級貴族該做的工作，所以比起魔力偏後段的中級貴族，魔力偏前段的下級貴族，可能還過得比較輕鬆。

Q貴族好像都是想像自己看過的東西，來讓魔石變化成形，那用來當騎獸的動物，是否也是參考現實中存在的動物呢？

A因為需要做出明確的想像，都是參考實際存在的動物。

Q羅潔梅茵仍在沉睡的時候，還是會在母親大人的委託下，販售有斐迪南大人插圖的書本，那麼當時的冬季社交界是怎樣的情形呢？

A普朗坦商會並沒有舉辦販售會，而是在艾薇拉舉辦的茶會上偷偷販售。由於不想再像之前的肖像畫一樣被沒收，大家離開茶會以後，會對此三緘其口。整個派系往意想不到的方向變得更團結了。

Q喬琪娜的前未婚夫屬於哪個領地？兩人之間曾有怎樣的關係？當初對於前未婚夫，喬琪娜又有著什麼想法呢？

A前未婚夫是現由中央管理的舊卓斯卡的領主候補生，當時是第三夫人的兒子。因為是尋常的政治聯姻，並不具有喜歡這類的情感，但喬琪娜認為在自己成為奧伯時，對方是能支持自己的人，所以抱有的好感就與對同派系貴族的差不多。

Q尤修塔斯當年是怎麼認識前妻，對方是怎樣的人呢？兩人為什麼離婚了？兩人之間有孩子嗎？尤修塔斯今後還有可能再婚嗎？

A因為家系的關係，尤修塔斯不可能不結婚，所以眼看他那麼吊兒郎當，是親族為他找來了對象。對象是薇羅妮卡派的一位千金。在尤修塔斯決定要侍奉斐迪南的時候，因擔心危害到主人便離婚了。

兩人之間雖有孩子，但因為在孩子受洗前便分開，尤修塔斯並未以父親的身分出席洗禮儀式，所以對外仍宣稱他沒有子女。至於以後會不會再婚嗎？以結婚對象來看，尤修塔斯年紀已經很大了，本人也沒有想結婚的念頭，除非女方強勢要求，否則恐怕很難吧。

Q到了一定的年紀以後，就能感應到與自己魔力相當的人的魔力，那麼不光是自己，對方也得大到一定的年紀以上才感受得到嗎？

A沒錯。雙方都必須達到一定的年紀，才能感應到彼此的魔力。但感受得到的只有魔力量，至於屬性則要透過魔力配色來確認。

Q上一本FANBOOK說過，「由於梅茵是身蝕，不管誰的藥水都會覺得容易入口」，那麼即便是下級貴族，只要使用窺看記憶的魔導具，也能輕易與羅潔梅茵同步，染上自己的魔力嗎？

A不管有沒有喝下有助於染上魔力的同步藥水，然後使用窺看記憶用的魔導具，其實只要灌注魔力，就能輕易染色。雖然染上他人的魔力時，會產生有些強烈的抗拒，但還是會被對方的魔力影響。

Q尤根施密特一年是三百六十五天嗎？同樣地，一天也是二十四小時嗎？

A不一樣，這個世界一年是四百二十天；至於一天的時間，為了自己方便掌握，還是訂為二十四小時。

Q我很好奇這世界的曆法。雖然好像也有「月」這個時間單位，但不太清楚一個月有幾天，一年有幾個月。是否舒翠莉婭只要努力一點，秋天就會變長；或者芙琉朵蕾妮只要努力一點，冬天就會變短，每年都不太一樣？

A水之日、芽之日、火之日、葉之日、風之日、實之日、土之日，這樣七天為一週。水之週、火之週、風之週、土之週、命之週，五週為一個月。

季節大約每三個月就會變換，但正如讀者的推測，只要舒翠莉婭努力一點，秋天就會變長；芙琉朵蕾妮若努力一點，冬天也會變短。季節的長度每年都不太一樣。

Q這個世界有日期的概念嗎？好比安排行程時，雖然會說幾天後去拜訪，但從來不曾講出明確的日期吧？但既然有四季，是怎麼知道哪一天換季的呢？而且這個世界沒有日曆，是怎麼知道舉行洗禮儀式的日子是哪一天？

A雖然不是靠日期，但人們偶爾會以「水之週的芽之日」這種方式來排定行程。而且也有類似日曆的物品。平民個人雖然很少持有，但為了顯示放假的土之日是哪一天，職場大多放有類似日曆的工具。在七乘五的空格上，藉由每天調整木棒，就能知道當天是星期幾。

至於季節，因為換季後，報時的鐘也會變成那個季節的貴色，所以一看就知道。

Q《公式設定集1》裡回答提問時，作者曾寫道「想寫下勸善懲惡這類的題材」，在寫到這些要素的時候，腦海裡是否有明確想要傳達訊息的人呢？

A我從沒想過「想傳達給誰」。因為原本也沒料到網路上的連載小說，後來會出版成書。創作時我為自己設下的限制，就是寫自己想寫的、寫外子看了覺得有趣的、寫孩子長大後給他看也沒關係的故事。

◆關於作者

Q很好奇在鈴華老師與編輯眼中，香月老師是怎樣的人呢？

A鈴華：老師是位嚴以律己、決定後就堅持到底的人。自從見到本人以後，還會覺得老師真是古靈精怪又可愛。真不曉得在她的大腦裡頭，世界究竟是怎麼展開的？好想找機會瞧一瞧。用窺探記憶的魔導具……不行嗎？好可惜。

責任編輯：老師對於目標的熱情就有如羅潔梅茵，做起判斷時則和斐迪南一樣冷靜。我身為侍從，只能隨侍在老師左右！

~FANBOOK 2全新短篇漫畫~

來做磅蛋糕吧！

漫畫：鈴華

砂糖
麵粉
雞蛋
奶油
磅蛋糕(quatre-quarts)
法語中是「四個四分之一」的意思，
與源自英國的磅蛋糕(pound-cake)做法相同。

首先，請把麵粉、雞蛋、奶油與砂糖，各秤出一份相同的量。
然後在和人體體溫相同的溫度下打發雞蛋與砂糖。
要怎麼做才能有和人體體溫一樣的溫度？
先把熱水倒進大碗裡，然後浸在大碗裡加熱。
啊
那得先燒熱水才行吶。

打發雞蛋與砂糖是最重要的步驟，
請打到出現綿密的泡沫吧。
哦……綿密的泡沫嗎？
喀沙
喀沙
大小姐，要試試看嗎？
好！
明亮
原本黃色的蛋現在變得好白喔。
哎呀
喀……沙……
喀沙
喀沙
じゃか

做點心真不容易呢……
ず～ん…
消沉……
抖
抖
接著邊過篩邊把麵粉倒進去吧。
咚
咚
然後拿著木鏟，像這樣以切拌的方式攪拌麵糊。
切
拌
攪拌過度會讓蛋糕沒有蓬鬆的口感，所以請小……心……
沙
沙
……尹勒絲廚師，請換妳接手。
我的手臂到極限了……
兩位小姐一點力氣也沒有嘛。
真是的

最後把融化的奶油倒進去，也是大概地切拌幾下就好。
這樣麵糊就完成了。
由於沒有烘焙紙
要先在鍋子內部塗上奶油，然後撒上一層薄薄的麵粉，方便之後取出蛋糕。
這裡沒有長方形的蛋糕模
所以用鐵鍋代替
倒入……
請拿起鍋子往桌面敲幾下，讓底下不要有空氣。
咚
咚
往烤爐
最後就只剩下拿去烤了！
出發吧!!
喀鏘!

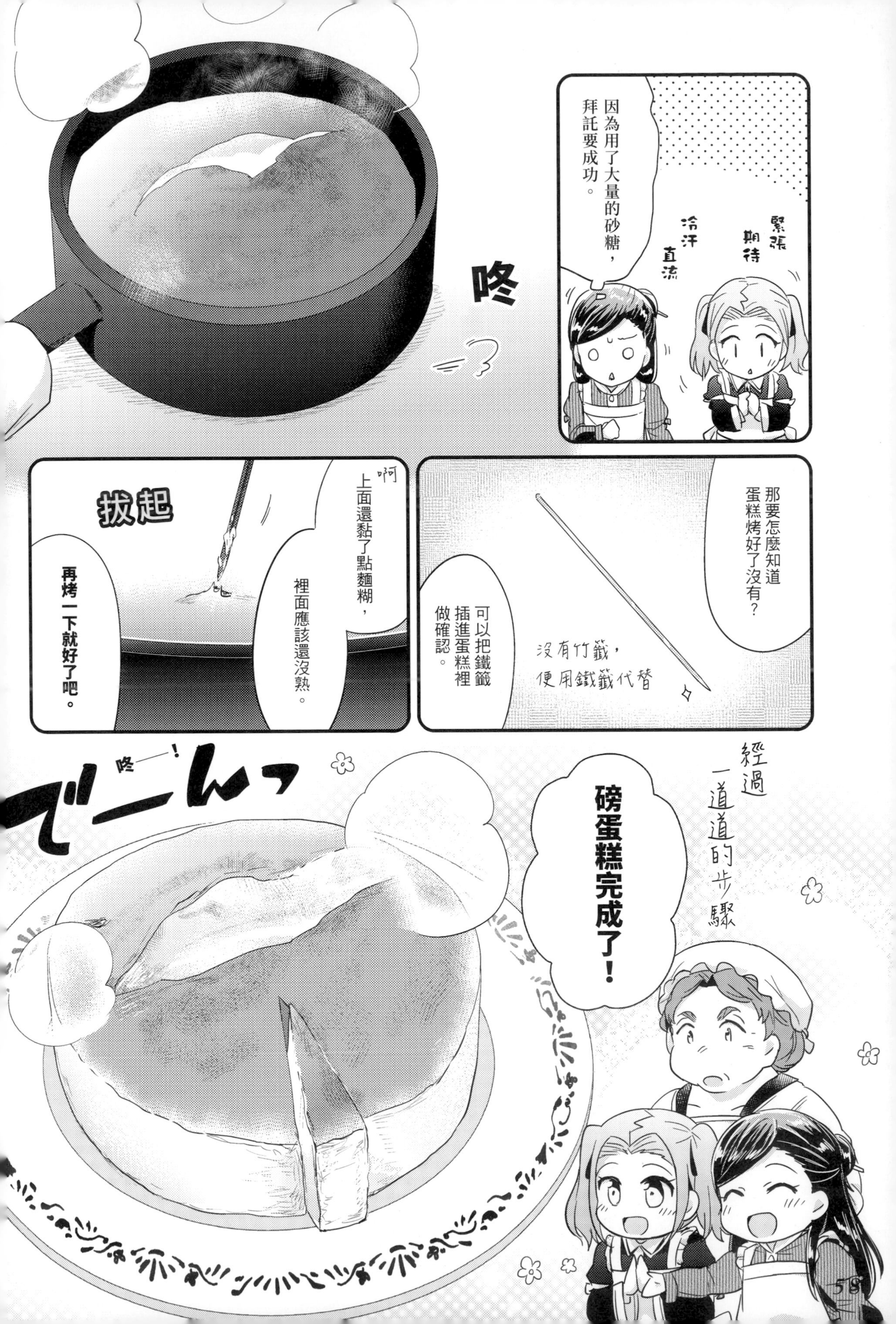

因為用了大量的砂糖，拜託要成功。
緊張
期待
冷汗直流
咚
那要怎麼知道蛋糕烤好了沒有？
可以把鐵籤插進蛋糕裡做確認。
沒有竹籤，便用鐵籤代替
啊
上面還黏了點麵糊，
裡面應該還沒熟。
拔起
再烤一下就好了吧。
經過一道道的步驟
磅蛋糕完成了！
でーんっ
咚——！

試吃的份
蛋糕甜而不膩，彷彿要在嘴裡融化一樣……
我第一次吃到這種味道。
轉身
梅茵！
噫?!
好了，接下來我們去洗澡吧——
推
這個叫梅茵的孩子……
うず
砂糖明明才剛開始流通，她卻知道怎麼用砂糖來做點心，
肯定還知道很多沒人曉得的食譜吧？
躍躍欲試
下次再見到她，一定要問出其他食譜！
哈啾！
甚至也被尹勒絲盯上的梅茵。
完

FANBOOK 2
全新特別跨頁插圖

每次都很突然的
四格卷末漫畫
出差版
輕鬆悠閒的家族日常
作畫 椎名優
多虧各位讀者的大力支持，
FANBOOK2發售中!!
愛的戰爭
FANBOOK，即是在書迷們愛的力量下所催生出來的讀物。
愛就是一切，愛就是正義。
羅潔梅茵
愛
咚咚——
珂琳娜♡
愛
咚——
說到愛，絕沒有人比得上我！
這世上才沒有人的愛能夠超越我!!
羅潔梅
琳娜♡
LOVE對決

選擇

多莉，妳怎麼了？
看妳好像猶豫不決的樣子
唔～～
哪一邊的愛更偉大，我選不出來!!
咦咦，妳在煩惱這個?!
羅潔梅茵最強！
珂琳娜最棒!
轟隆隆隆隆
我喜歡柯琳娜夫人也喜歡梅茵!!

這就是愛？

神官長，你有沒有什麼愛好或是興趣呢？
就是特別喜愛的東西
順便說，我的興趣就是看書。
我想不到特別偏好的東西，
但真要說的話，可能是妳吧，羅潔梅茵。
咦?!
我嗎？
驚
當成研究對象來看，妳可說是非常稀有的材料。
興趣：研究藥水和魔法
材料?!
衝擊

作者群留言板

香月美夜

會有這本FANBOOK 2，是因為有眾多讀者表示：「希望能把配音觀摩報告與報告短漫收錄成書籍的形式。」&「想要收藏現在已經無法取得、以前特展所贈送的特別短篇。」
那麼，希望各位展讀愉快。

椎名優

距離上一本FANBOOK，很快地已經過了一年的時間。
雖然我自己老是覺得，這好像是最近才發生的事情呢。
時間真是稍縱即逝。

鈴華

藉著參與FANBOOK的機會，這次我不只畫了漫畫，還畫了幾幅插圖。看點在於跨頁插圖中，羅潔梅茵陣營那壓倒性矮了一截的氣勢。

皇冠叢書第4889種
mild 902

小書痴的下剋上FANBOOK 2
為了成為圖書管理員不擇手段！

本好きの下剋上
司書になるためには
手段を選んでいられません
ふぁんぶっく2

Honzuki no Gekokujyo Shisho ni narutameni ha shudan wo erande iraremasen fan book 2

Copyright © MIYA KAZUKI "2016-2019"
Chinese translation rights in complex characters arranged with TO BOOKS, Inc.
Complex Chinese Characters © 2020 by Crown Publishing Company, Ltd.

國家圖書館出版品預行編目資料

小書痴的下剋上FANBOOK. 2 / 香月美夜原作；椎名優繪；鈴華漫畫；許金玉譯. -- 初版. -- 臺北市：皇冠, 2020.10
面；　公分. -- (mild；902)

ISBN 978-957-33-3573-3(平裝)
861.57 109011967

作者—香月美夜
插畫—椎名優
漫畫—鈴華
譯者—許金玉
發行人—平雲
出版發行—皇冠文化出版有限公司
台北市敦化北路120巷50號
電話—02-27168888　郵撥帳號—15261516號
皇冠出版社（香港）有限公司
香港上環文咸東街50號寶恒商業中心23樓2301-3室
電話—2529-1778　傳真—2527-0904
總編輯—許婷婷
責任編輯—蔡亞霖　美術設計—嚴昱琳
著作完成日期—2018年　初版一刷日期—2020年10月

法律顧問—王惠光律師
有著作權・翻印必究
如有破損或裝訂錯誤，請寄回本社更換

讀者服務傳真專線—02-27150507　電腦編號—562029
ISBN 978-957-33-3573-3
Printed in Taiwan
本書特價—新台幣249元/港幣83元

皇冠讀樂網　www.crown.com.tw
皇冠 Facebook　www.facebook.com/crownbook
皇冠 Instagram　www.instagram.com/crownbook1954/
小王子的編輯夢　crownbook.pixnet.net/blog